一生一遇

吕亦涵 —— 著

北京时代华文书局

图书在版编目（CIP）数据

一生几遇 / 吕亦涵著. — 北京：北京时代华文书局，2022.5

ISBN 978-7-5699-4621-5

Ⅰ. ①一… Ⅱ. ①吕… Ⅲ. ①故事－作品集－中国－当代 Ⅳ. ①I247.81

中国版本图书馆CIP数据核字（2022）第083729号

一生几遇
YISHENG JI YU

著　　　者	吕亦涵
出 版 人	陈　涛
选题策划	洣玖文化
责任编辑	邢秋玥
责任校对	陈冬梅
装帧设计	他系力二工作室
插　　画	东夏卿卿
责任印制	刘　银

出版发行	北京时代华文书局　http://www.bjsdsj.com.cn
	北京市东城区安定门外大街138号皇城国际大厦A座8层
	邮编：100011　电话：010-64263661　64261528
印　　刷	北京盛通印刷股份有限公司　010-52249888
	（如发现印装质量问题，请与印刷厂联系调换）
开　　本	880mm×1230mm 1/32　印　张｜8.5　字　数｜210千字
版　　次	2022年7月第1版　印　次｜2022年7月第1次印刷
书　　号	ISBN 978-7-5699-4621-5
定　　价	45.00元

版权所有，违者必究

目录

Part 1 小城故事

闽式男女 003
成年后的表达 007
博物之馆 012
那一些比爱情更长久的 016
仿佛若有光 019
在冷静与热烈之间 024
人间有光 030

Part 2 故梦一朝

那人有十一张面孔 034
斯里兰卡的雨下了一夜 062
浮生有时 100
十年知舟 126

Part 3 远方有星

后来我也走过很多路 … 149
如果你是我这生最无能为力的遗憾 … 153
我或许是你曾经深爱过的人 … 156
我最好朋友的婚礼 … 160
后来你想不起爱情的面孔 … 164
无与伦比的美丽 … 168
当讨论旧爱时，我们讨论的是什么？ … 171
生活或有许多的苟且，除了诗和远方 … 174

Part 4 北岛以北

往北之境夏未眠 … 180
突然我想起你的脸 … 200
你知道『希可芮·拉芙』的含义吗？ … 222

Part 5 风之旅人

红与绿 … 245
加勒，加勒 … 249
亲爱的与陌生人 … 253
嗨，中国人！ … 257
旅途中爱过的人哪 … 261
随心所欲的快乐 … 265

Part 1

小城故事

Min Shi nan ni

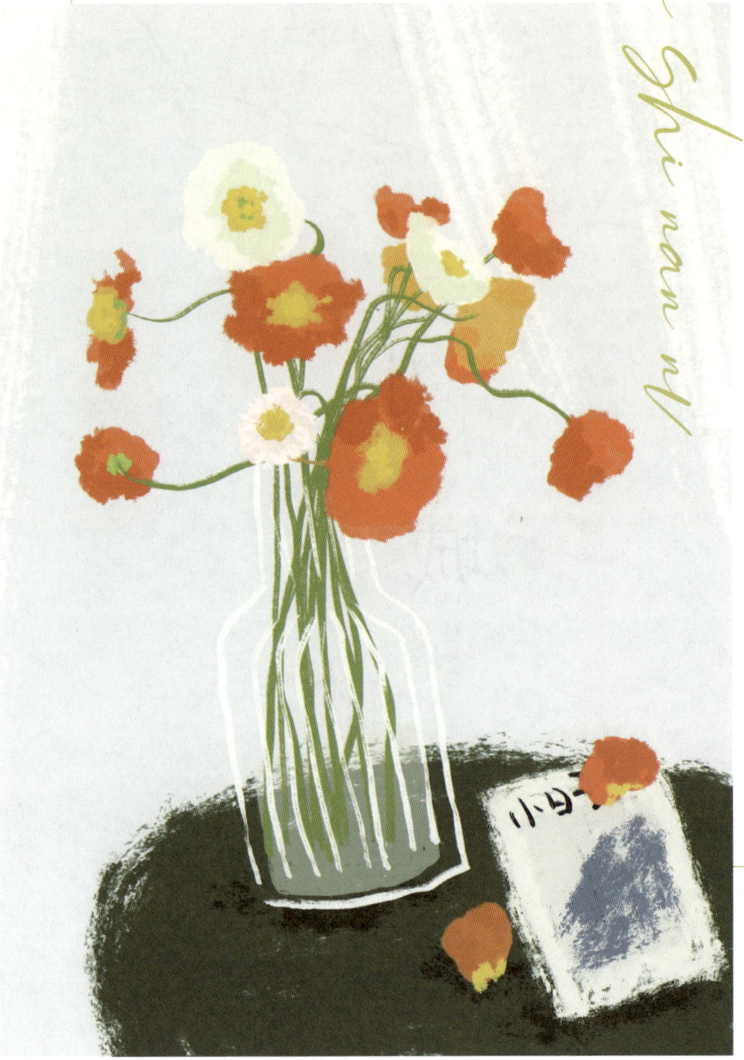

闽式男女

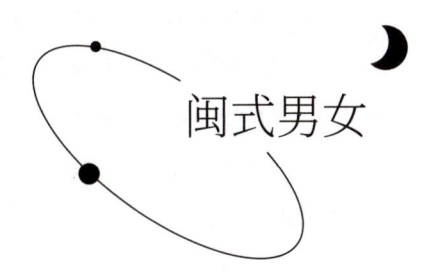

"成长就是将毕生热爱一件件丢弃的过程。"

在笔记本里翻到十几岁时写下的话，突然感慨年少时独到的认知——那时的我仅凭一点贫瘠的慧根，竟然能突破时间的局限，意识到多年后自己终将成为一个没有盛大热爱的、庸庸碌碌的成年人，在人群中不再像少年时期待过的那样闪闪发光。就像是自己提前给自己打了个预防针：哦，我很早的时候就知道会这样，所以后来真这样了，也不是偶然。

不必遗憾，无须失望。

我总觉得，这样的想法很"闽南"。

闽南人的情感和口味一样淡——这是很久以前某次结束了长途旅行时，我总结出来的心得。

那时我刚见识过重庆的麻辣火锅和东北的热情大姨，在祖国广袤的土地上邂逅了各种有别于闽式风情的风情。而在那之前，我的口味是淡的，对美食最大的要求就是"鲜"——闽南人口味淡，好海鲜，讲新鲜。我们能在第一口鱼肉沾上舌头时准确判断出一条鱼商家大概采进了多久、是海鱼还是养殖鱼、是否冷冻过。为此我们的舌头总是很敏感，和情感一样害怕受伤。也因此造就了我们的为人之道：即使时刻保持着鲜活和警敏，看着也依旧是淡淡的。

你很少能在大街上看到过于热情的闽南人，因为他们讲究姿态：尽管心底有渴望也不能用力过猛，更不会表现得过猛；做人的姿态须和上街打扮一样漂亮；野心是克制的、不外露的；欲望，欲望只能是深埋于心的秘密。

于是你很少能透过一个闽南人温和微笑的眼睛，看到他们灿烂的热情。

再于是，久而久之，身处其间的我便以为，闽南人已经没有了丰富的热情——那一种对生活永不服输的劲儿，对未来敢于拼搏的劲儿。尽管很久很久以前，闽南人有一句广为流传的话：爱拼才会赢。

那时他们为了维持一家老小的生活，敢于独自外出去闯荡，下南洋、赴欧洲，总之，哪儿有钱往哪儿钻。

可时至如今，大概是生活安稳了，你看到的大多是温和而优雅的闽南人，我所在的城，世人口里对它的形容也逐渐变成了"佛系""宜居""慢生活"。

有很长一段时间，这就是我心目中的故乡。

我爱她，爱她的缓慢与优雅。可偶尔也会想：我是否已经永远错过了那个时代，再难见到20世纪闽南人那种孤注一掷的拼搏劲儿？

直到这一阵。

两年前开始席卷全世界的疫情，在两年后以比当时更为严峻的姿态出现在闽南。那阵子，我们这边再度进入了全民居家的状态。闲来无事，有回刷着抖音时，竟刷到了在自己服装店里直播带货（卖货）的表妹的抖音账号。当时只觉得有趣：这丫头从小到大，脸皮都是一众姐妹中最薄的，小时候被老师喊起来答个问题，那脚都能软上大半天。哪知如今她竟然能在抖音里，对着天南地北的陌生顾客又是卖力吆喝，又是充当模特。

我赶紧截图，微信发给她："不错啊，为生活奋斗的样子。"

表妹："奋斗什么啊！这就叫奋斗啦？你改天来我们这儿看看，让你见识见识。"

我："见识什么？"

表妹："见识见识大家都是怎么奋斗的呀！"

我的好奇心很快被她挑起，不过也就是那一瞬的事，没多久我就把这事给忘了。

直到某天表妹和我视频通话——大概是"上班"累了想休息，她拿着手机，在自己所在的服装市场从下往上逛，一边逛，一边给我展示各家门店的情况。

疫情期间，人流稀少，可镜头所及的每一家门店里，却都有各个年龄段的店主在对着手机推荐身上的衣服。视频的声音开着，各种"地瓜腔"（带福建口音的不标准普通话）充斥其中，表妹说："看到没，这就是我们的日常。"

"可现在快递不是停运了吗？你们就算在线上卖掉了，衣服也寄不出去吧？"

"那又怎么样？生活不能停嘛，不带货，你可以和顾客聊聊天，给大家讲一讲搭配衣服的心得，巩固巩固客户呗！"

啊，是，是——各式直播平台上常见的套路，没想到有一天也能被我这曾经说句话都能腿软的表妹玩得这么溜。

"看来泉州人的精气神都集中在你们市场了。"

"说什么呢，"表妹笑，"你去看看其他鞋服企业，看看市面上那些在这期间绞尽脑汁招揽生意的人，跟我们比起来，他们才是真正的竭尽全力。"

我的好奇心这下真是被挑起来了，趁着出门做核酸的时间，在家附近的商业街上逛了一圈：门店大多都开着，尽管里头一个顾客也没有，可店家该整理店铺还是整理店铺、该"巩固客户"的还是在"巩固客户"。路过一家服装店时，我见里头与我还算相熟的店主在重新布置自己的店，一问，店主笑道："货是没变啦，但现在又没有顾客上门，把东西重新整理一下，日后顾客再上门时，也能有点新鲜感哪。"

原来如此。

是我错了，原来时代变迁与生活的安稳并没有磨去这一代人的激情，只不过他们早在无声无息间，将大刀阔斧远渡重洋换成了另一种模式，在每一个无声的角落里，默默努力。

那一些在无客到访时想着如何给客人以新鲜感的店主。

那一些在快递发不出去时仍想着该如何稳定顾客的普通人。

那一些我不曾亲眼见识过的沉默而低调地接过父辈责任、撑起一个家庭的年轻男女。

一个个姿态优雅，可你没看到的是，他们如父辈般永不停歇的勤力。

成年后的表达

有位同样喜欢写故事的朋友说,大部分作者笔下的主角,要么拥有与自己相似的特点,要么拥有自己所渴望的特质。于是她的作品总不愿让身边的亲朋看,就怕一不小心便被人窥见了内心。

我是十分认同这种观点的。就像我自己,宁肯将心中所想写给素不相识的人看,也不愿现实中认识我的人去看,哪怕是我写的一小则短篇故事。读者总以为写作者会与笔下的人物相似,或许吧,可其实更多的情况是:笔下的人物总会拥有笔者所渴望的某些品质。

比如我爱恩静的温婉,爱芯辰的热烈,爱连心的坚定。而随着时间的推移,在经历了一些事情后,我逐渐渴望自己能够成为一个自律的、对生活有规划的、能够坚持每天五点起床晨跑的、对生活和爱情都有足够的智慧去运筹帷幄的人。

于是下一位女主角黎恩出现了。

这姑娘自律、努力、目标明确，对事业和爱情都有自己的想法。她的存在，某种意义上正是笔者在表达渴望，亦是我此刻对自身的一种期望。

　　我懒散、随遇而安、对未来无规划、晚睡晚起、智慧不够、多年来心智几乎无长进——哇，这么一总结，感觉自己简直是个废物。

　　好友曾经问过我，写作最初吸引我的究竟是什么。

　　这问题其实我在很多场合都回答过，答案无非是：年少时看过的爱情故事太多，意难平的有，结局令我不满的有，于是最终忍无可忍，提笔畅谈——对，我就是想写一写这样的爱情，把心中所有的不平不满给填满，把自己暗恋时、失恋时、热恋时所有说不出口的羞耻、痛苦和快乐全都倾泻出来。

　　简而言之，表达。

　　我曾经表达过许多美好的品质，也表达过人性的缺陷。自私、妒忌、贪欲、得寸进尺，人人得而难诛之。人的成长，很多时候其实是克制内心缺陷的一个过程，可往往克制了小半生却发现惰性仍在，只不过长大后的我们更善于隐藏，也开始学会了"不再渴望表达"。

　　比如年少相识的朋友，我们曾经在很年轻的时候讨论人性与哲学，将自己并不成熟的世界观激情澎湃地分享。可成年之后，有了较为成熟的世界观之后，我们却反而只谈美食与生活中的琐碎。

　　没有刻骨铭心的爱恨表述，没有大段大段的人生观、世界观，更没有人会再将内心最深处的苦痛一次次拿出来供人咀嚼，尽管内心其实仍旧有千言万语。

永远也忘不了好友L结婚的前夕。

那时我们其实都还很年轻，她大我几岁，也是朋友中最早结婚的一个。那夜姐妹几个聊天、喝酒，在不知第几杯入肚时，L突然哭了，对我们说："在妈妈拿龙凤镯给我的那天，面对着她的背影，有生以来我第一次感觉到了她的孤独。"

不是"不容易"，是"孤独"。

L的母亲是很传统的闽南长辈，勤俭节约了一辈子，是那种为了省八块钱打车费宁愿穿着高跟鞋走半小时路的旧式闽南女子。可当女儿出嫁时，她将毕生勤俭节约的积蓄换成了八对龙凤镯，送给她的女儿。而在她将那几对龙凤镯从保险柜里拿出来时，L看到背对着自己的母亲飞快地用手拭了下眼角。

而几天后，在L的婚宴上，作为宾客的我，同样在她父母的眼底看到了寓意相同的泪光。

他们明明很开心，是啊，真的开心：婚宴上推杯换盏，所有人脸上都带着光，他们听到一声又一声的"恭喜"——可其实，在将女儿亲手送入他人家中的那一刻，他们所有没表达出的情绪里，是否却远远不只是"开心"？

孩子长大了，孩子结婚了，孩子离开父母了，从此家中只有自己和老伴……原来父母的一生，是勤勤恳恳地盼着一棵树长大，却最终不得不目送他们远行的一生。

后来我在无数场婚宴上，都看到过男女双方的父母在现场的角落里背过身悄悄拭泪的背影。

可没有人会说。

如此盛大的感情，年长之后，我们原来已经不会表达。如同父母

Cheng nian

送女儿出嫁时落的泪，如同我的好友L在看到母亲背影时，明明心中千头万绪，却最终只道得出的一声"孤独"。

成年之后，我们优雅而克制，我们点到为止。

那一些肆无忌惮的表达，似乎是上世纪的事。

我曾经收到好些读者朋友的私信，大段大段诉说自己近来的苦闷。诉说完后，有些朋友会再加上一句："对不起啊，阿吕，这些话不知该向谁说，只好把你当成'树洞'啦。"

我总是在这种时候感觉到庆幸，庆幸自己无意中充当了'树洞'，给这些朋友提供了宣泄的渠道——这些孩子多像满肚子心事没处诉说于是最终只能提笔絮叨的我啊，只不过我把内心所想化成了陈恩静、尹芯辰、黎恩。

成年后的表达，充斥着羞耻，有口说不出。

不是口拙了，只是随着年纪渐长，我们经历的已经太多了。

多到了开口时已不知该从何谈起，于是闭嘴、微笑，最终成为一名合格的成年人。

点到为止了。

博物之馆

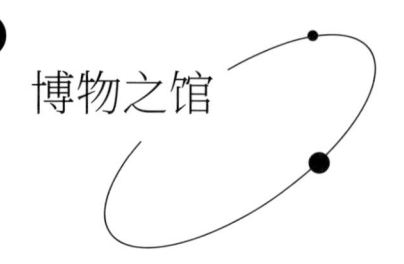

　　好些年来已然形成的习惯是，每到一个新地域，我总要到当地的博物馆里去走一走，看看此处从远古时代到文明时代的演变过程，看看现在呈现到眼前的一切，曾经由什么样的场景变迁而来。

　　而后渐渐地，对历史着迷。

　　其实念书时我最讨厌的科目就是历史，因无心学，亦无心研究，于是当陈旧古迹被老师拿出来枯燥地讲解时，我满脑子只剩下更枯燥的"这是考点""这是考点""这也是考点"，再无其他。

　　倒是年岁渐长后，我开始看《中华上下五千年》，看《史记》，看更多的古书，然后在看到某些与时下文化相通的精彩处时，掩卷大叹："哈，'历史永远在重复'，古人诚不我欺！"

　　于是后来，我便开始了一系列关于博物馆的短篇小说的写作。

　　《倾城》

《浮生有时》

《十年知舟》

……………

记得有一年去英国伦敦，我在大英博物馆邂逅了一尊造于我国隋朝时期的大理石佛像。佛像如此庄严而华美，几千年前的大理石在灯光下呈现出温润的质感，我与好友正感叹着古人竟然能雕出如此华美的艺术品时，再走几步，竟又撞上了一场欧洲的文艺复兴——那是第一次，我感觉自己如此亲密地触摸着历史：原来人类的智慧、双手的创造力，早在几千年前就已经呈现，而且，还那么深刻地缔造过盛大与繁荣。

历史简直太奇妙了，而承载了上下五千年历史的博物馆，更是奇妙。它将过往徐徐摊开到现代人眼前，明明无声，却如泣如诉。

只是，再一细想：无声？

历史无声吗？珍藏着历史的博物馆，它也无声吗？

或许，也未必是这样的吧。

我记得从大英博物馆离开的那个傍晚，伦敦有非常漂亮的晚霞，是粉色的，带着一点细微的金边。同去的朋友抬头望天，突然说："几千年前的人也看得到这样的天吗？其实历史不论再怎么轮回，我们都是在同一片天空下讲述着身处的时代呀。我们在说故事，从几千年前到几千年后，始终都在说故事。"

啊，是——那一刻我突然觉得，其实历史不是无声的，每一件古物皆有故事——从几千年前到几千年后，它或藏在土里，或暴露于日光之下，或隐在某家某户的府邸，可只要一出现，它便代表了自身那个时代的传奇。

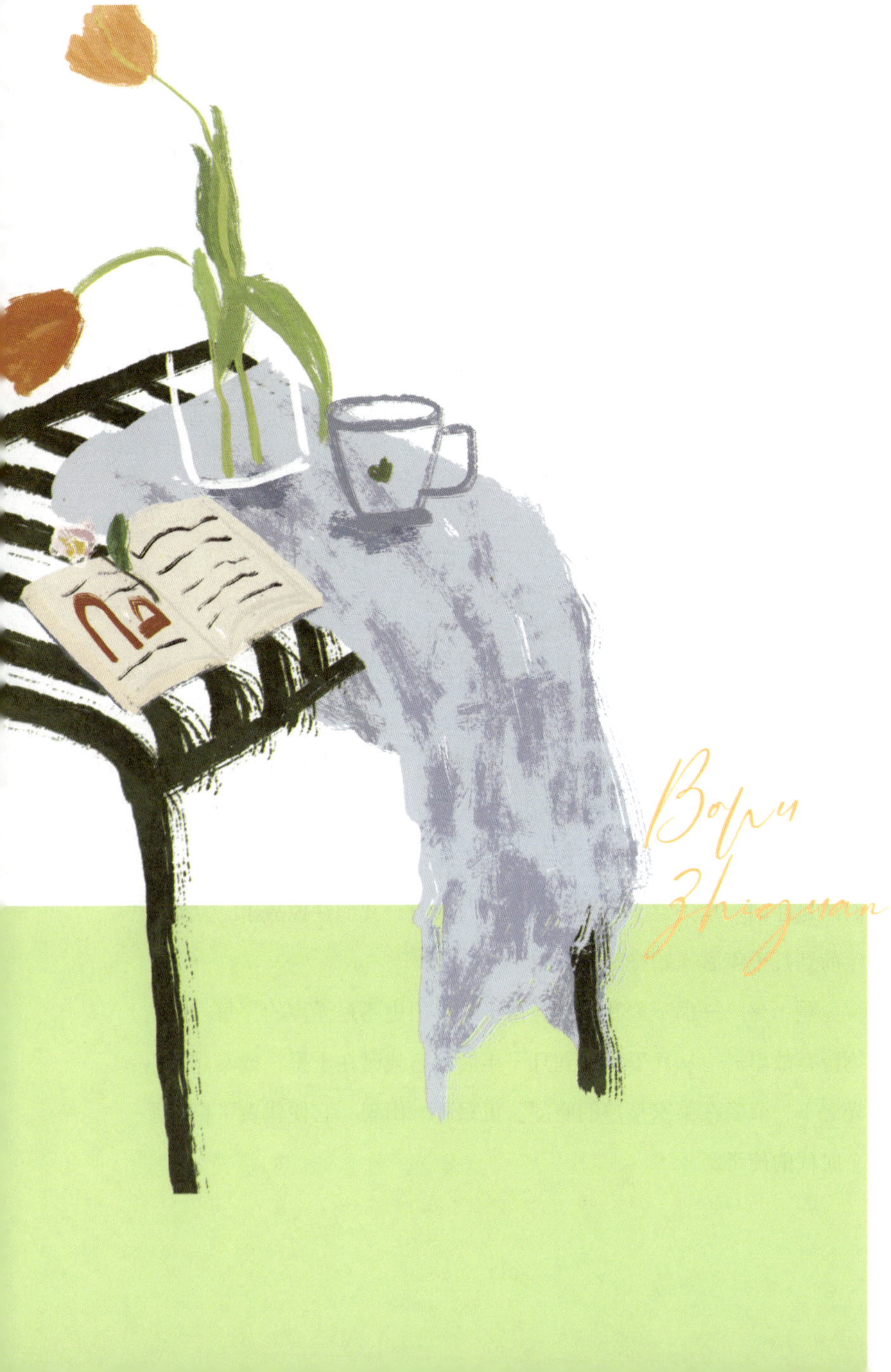
Bofu
Zhiyuan

是有声的。

于是那天回到住处后,我回忆着白天在博物馆里看过的古物,发了一条朋友圈:"伟大的,奇妙的,庄严的——为了你,我想再开一系列短篇小说,就叫'博物馆系列'。"

伟大的,奇妙的,庄严的——如今想来,还是不朽的。

可当我翻开古籍开始查阅与之相关的资料,映入眼帘的却是曾经鲜活的男女,在另一个时空,生活和相爱。

那时的他们大概想不到,无数年后自己会成为后人口中的伟大和不朽吧?如同现在的我们,也想不到无数年后自己会成为怎样的传说。

可到底,我们身处的时代和这个时代所缔造出来的作品,都将在无数年后存入那个珍藏古物的展馆。

如此说来,被历史渲染出奇妙色彩的,除了古物,还有这博物之馆。

在当下,在过去,在我们看不到的数千年以后,扎扎实实地承载着这些鲜明的爱恨,以及有温度的过去。

那一些比爱情更长久的

好友来泉州，陪他欣赏凌晨一点的夜色。所有的喧嚣渐归于平静，街头只剩下烧烤摊和等客的的士时，我俩吃光了碟中的最后一份蒜蓉茄子，在疲惫的夜色中，开车在夜风里呼啸而过。

我不擅长开车，上一次在这个点游荡于街头，似乎已经是好几年前的事：因为上完了一堂很无趣的晚课，途经商场时，突然想到已经许久没有看电影，于是在午夜场一连看了两个。深更时回家，邂逅了与傍晚一样凉爽的夜风。

我在车里放起了著名钢琴演奏大师Kevin Kern（凯文·科恩）的 *Childhood Remembered*（《童年的回忆》），在静夜里显得尤为温柔。好友默默听了一会儿，笑话我："真是长情，我记得念书时你听这首曲子还会哭。"

"啊？为什么？"

"忘啦？不应该吧，忘了的话咋还留着这支曲子呢？"

我在此君的引导下认真回忆了几秒，才想起来于我而言，这应该是一支与许多年前的某个前男友有过关联的曲子。

而很多年后我仍爱这支曲子，却早已忘记了与之相关的二三事。

真是神奇，曾经热爱，自以为忘记太难。可多年后，终究还是连想清楚事情的始末都困难。

"所以说啊，"好友笑道，"人间最永恒的原来不是爱情，是健忘。"

我说那不尽然，比如很多年后我仍清楚记得这曲子里的每一个细节，记得曾经看到Kevin Kern在几乎眼盲的状态下演奏这支曲子时的震撼，记得高考前我爸在书房里替我整理错题的背影，记得很多从前的旧事……只不过随着年岁增长，走到人生的另一个阶段后，你会发现脑中所记所想，确实是与十几岁时不一样了。

比如现在的我们仍会思考人生的意义，可与年少时不同的是，有些人思考的意义是柴米油盐以及一家老小，有些人思考的意义是社会变化和国际形势，有些人思考的意义是"在努力地与曾经暴戾阴郁的自己和解，寻求更通透的生活哲学"。

我们都已然有了各式各样的人生，尽管内心深处还住着曾经年少的自己，可很多事，确实已经不一样了。

这晚回家后，因着好友的话，我特意从旧书堆里翻出了几年前的日记。

竟然还真有"一听Kevin就要哭"的那一段时间。

"买到Kevin的专辑后，每次回家住，一早起床就要打开CD机播

放这张专辑，然后从淋浴到早餐结束，一直沉浸在Kevin的钢琴曲中。这是一件愉快的事，即使听的时候随着旋律也会觉得悲伤。可若是习惯了这种方式，悲伤也不过就是一个模式。"

看到这里我长长地舒了口气：万幸，万幸！还好当时就只是想想，没真傻得把悲伤当成生活模式，要不现在的我岂不得抑郁而死？

由此想来，想从一段失败的感情里走出其实也无须做太多，它所需的，不过是后来的新欢，或者足够长久的时间。

毕竟生活一直在变，从十几岁到二十岁，到三十岁……原来成长就是不断让新思考替代旧情怀的过程。那一些曾经求而不得的答案，几年后竟连由头都想不起，更别提执着于曾经想要的回答。

所以，比爱情更长久的是遗忘吗？或是朋友所说的健忘？

不，不，我想，大概是谁也躲不掉的成长吧。

仿佛若有光

周末在上海采访了一位婚纱设计师,是做设计的大学学长引荐的前辈。在浦东机场接我时,学长说:"她很低调,名气虽不如某些婚纱设计大师那么大,可业内人提到她时,都十分敬重。"

学长大人是"满腹才华傲自出"的典型。所以,什么样的女子才能让他说出这种话?我很好奇。

但是,抵沪的第一日,我没有见到她。因她有设计在做,分不出一丝精力来。学长便建议我:"到我的工作室看看吧。"

其实就是我想象当中的设计师的工作室:外人看着随意又凌乱,设计稿、针线、布料在桌上乱摆一气,可在设计师本尊看来却是分门别类,井井有条。在充满了布料气息的工作室里,陡然间,极不协调地,我看到了挂在墙上的极不协调的一幅图——那是一张陈旧泛黄的图,从某本服装设计类的书中撕下来的。虽然被裱在相框里,却依然

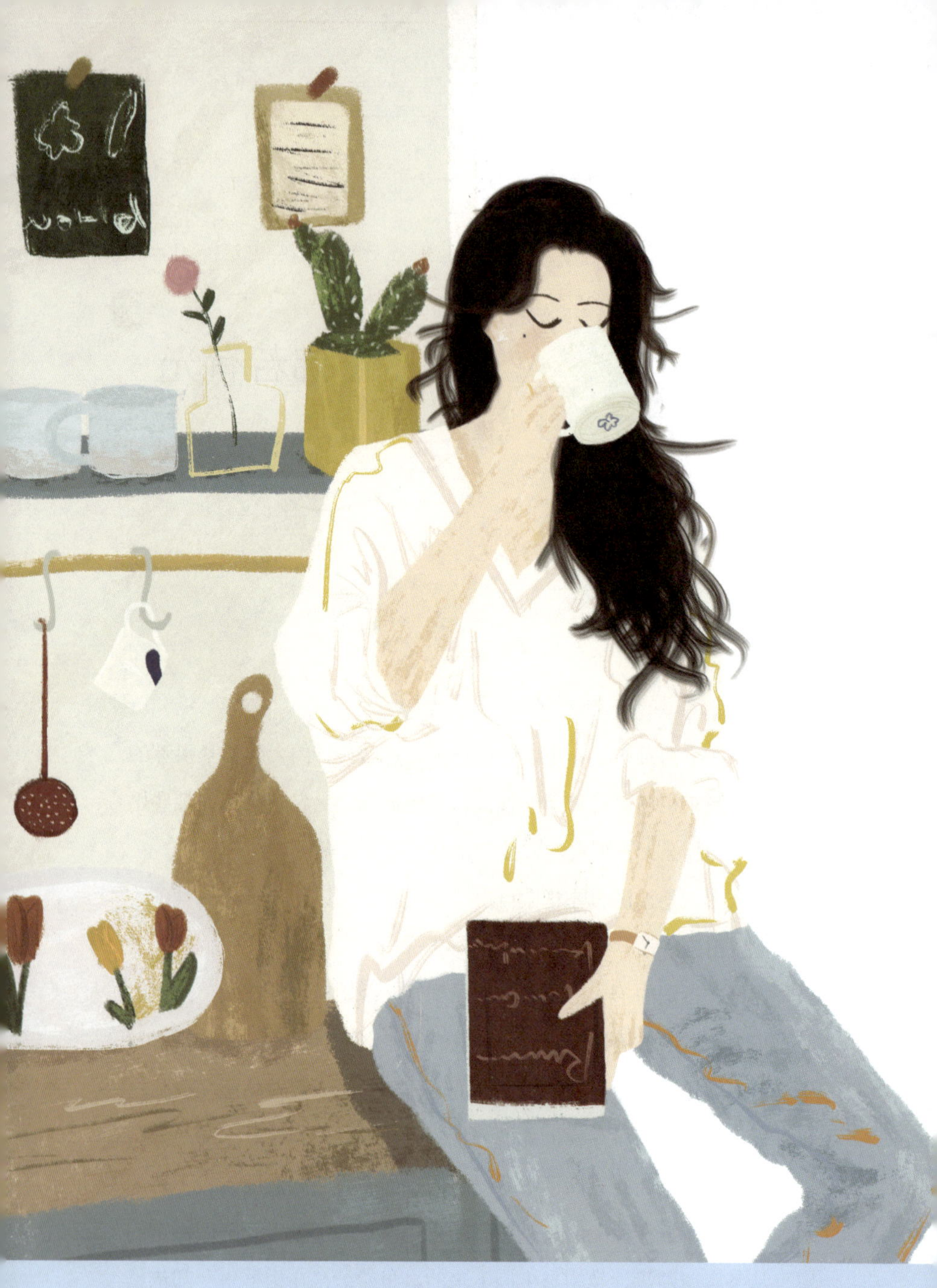

仿佛若有光

看得出边缘被撕得毫不利落。

学长问我："还记得这张图吗？"

怎么会不记得？这几乎是他大学时期最大的一个污点：他念大二、我念大一时，有一天两人一同到图书馆里找资料，出来后我看他神色怪异，一问，这人竟涨红了脸，吞吞吐吐地同我说："我刚刚偷了一页书……"拉开外套的拉链，一张从书本中撕下来的设计图竟被他藏到了怀里。

"老天爷！你都做了什么呀！"

"我也不知道我做了什么，"他的表情看上去羞耻又坚定，"可是我太喜欢这个设计了，看到它的那一秒，脑子一热……"以至于后来，他顶着图书管理员异样的目光，将重新买回来的一模一样的书拿过去换了那本"残次品"。

以至于再后来，当他成为一名成熟的服装设计师时，这一页被裱在了相框里，尽管残破又泛黄，姿态却依然庄重。

"要知道，那是所有热情的开始，"学长看着那张图，在无数时日后，眼里依然有当初热烈的光，"直到现在我依然会告诉自己，不要忘记自己曾爱它爱到不顾一切。"

这就是一名对梦想抱有赤子之心的设计师。

那一刻，我眼眶里突然有了湿意。

第二日前辈有空了，学长带我到她的工作室参观。

近五十岁的女子，做婚纱高级定制。我们进去时她正趴在一堆设计稿中睡觉，从桌面到地板到垃圾桶，到处都是被她扔掉的设计图，细看了，便知所有图上画的都是同一套婚纱。

"她就是这样，一个设计只要达不到她要的feel（感觉），就会一直重来再重来。可对设计师来说什么是feel？那是一个点，一个念头，一个极模糊却又特别坚定的信念。"学长说。

可我想，更确切地说，那是一道光，从心中从眼底射出来的，源于对梦想的热爱的信念。

那一刻，无须交流我便明白了前辈在这一行里口碑极佳的原因——近五十岁的女子，做这行三十年了，可她待它狂热如初，她坚持着这样的狂热一直到五十岁，她打算坚持着它一直到死——这就是我眼前的两位设计师。

前一段时间，我在微博上看到这么个帖子：从前的语文课本里，最让你心动的是哪一句？

那时我陡然想起了《桃花源记》里的一句话：仿佛若有光。

"山有小口，仿佛若有光。"

可你知，光不在大千世界，光在你心里。

就像将旧图挂在工作室最显眼处的学长，就像为了心中的一道光而不断"重来再重来"的前辈，就像我们身边每一个没有功利心却因热爱而坚持将工作做到最好的人——山有小口，仿佛若有光。

只是，光不在山口，光在你心头。

在冷静
与热烈之间

"我一直渴望爱与温暖,这渴望过于迫切,寻常人等恐无足够的心力去供给。所以后来我想,大抵唯有自给自足,才能让我对这世间的情爱不至于失望,也对你不至于失望。"

而所谓"自给自足",大概是:爱自己,同时不要奢求他人如自身一般地爱自己。

某段时间因病卧床,许是病痛所致,常常想起从前的某一些场景。想起早些年自己在分手时很煽情地对人说过这类话,满口大彻大悟的无怨诀别,其实字里行间满是怨。

一些年岁过去后,很遗憾,自己竟无多大的进步,依然觉得爱是

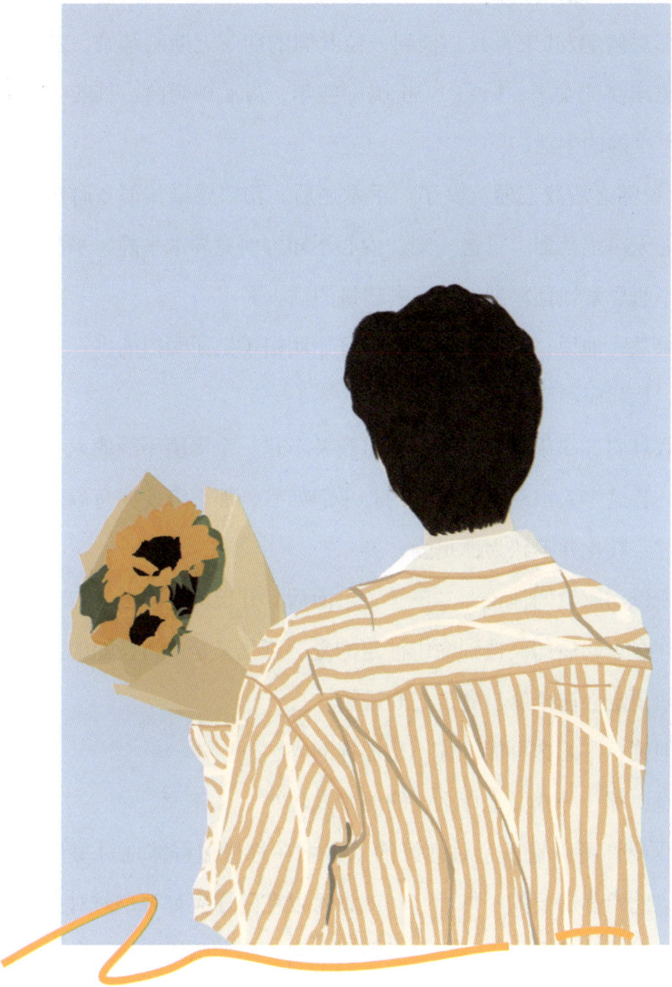

一种太温柔却也太决然的感情,没有中间的空白地带:没有淡然,没有轻易,没有云淡风轻。

那时候朋友L来看我,谈到一位共同的朋友近期刚结婚。那也是名情感丰富的女子,L说:"折腾好些年,最后她明白,其实心里向往的是平静的生活。"

L说完之后我们便沉默了。手术之后,伤口感染,很多时候我痛得只能无声地落泪。可这一刻,内心不知为何竟异常平静,平静得几乎能不假思索地预料到他接下去想讲的话。

果然,他说:"吕,你是否也开始明白了她所明白的事?如果你明白,让我照顾你。"

我其实亦渴望平静的生活,可我并不是一个渴望平静的人——我是说,若这个人出现时,我的内心平静如水,那么纵使偶有温暖的情绪淌过,我也并不认为那是爱。

所以后来我同他说:"不了。"而后,开玩笑地附上一句:"我怕和你在一起后却又遇到命中注定的爱。可我又是个有良知的人,一旦出轨,定会在诱惑与痛苦之间徘徊。"

他笑:"怎么可能?你不是那样的人。"

嗯,那……我又是什么样的一个人呢?

我或许可以是一个对你好的人,站在你身边得体地对每个人微笑,以此给你想要的"体面";或许可以在陪你应对客户时对金融、楼市、时局略谈上一二,让你觉得娶一名大学老师终究还是有一点优势的。可你是否知道我爱一个人时的样子?

你是否知道我曾经在每天凌晨对着一个人的电话反复犹豫、反复饮泣?你是否知道我曾在午夜的街头将车停到某人家的楼底下,对着他的窗口抽一晚上的烟，只因知道昨晚他也在我家楼底下做了同样的事？你是否知道我曾经去求很多很多的佛，求他们保佑我与某个人能够走到最后？你是否知道我可以坠入魔障，在剧烈的爱恨之间反复沉沦、反复堕落？

你不知道。

可其实，那才是我爱一个人时的模样：剧烈的，彻底的，疯狂的，令人窒息的。

最后，这一场感情将彼此燃成了两摊灰烬。可我知道，下一次再爱时，我们所能够依从的，依然是这一种模式。

我不知他人究竟怎么样，但对我这样的人来说，"温和而平静地对你微笑""有事从来都是自己解决""事事独立不依赖别人"——其实不过是因为我不爱你。

张爱玲说："因为懂得，所以慈悲。"可其实还有一种情感状态：因为不爱，所以无谓。于是这期间所付出的慈悲与温柔，就像是你在微博上刷到某位在冰天雪地里坚守岗位的军人，你为他感动，唇角翘起——他是个好人，你希望他余生顺遂，你所有的祝福都是真的，可你总不会误以为……那就是爱。

"可其实，那还不够吗？我是说，在家对一个人好，在外让一个人体面，能温暖相敬地过一生，谁不想要这样的伴侣呢？"L问我。

不，不，我不想要，也觉得那远远不够。在大雪中喝过伏特加的人，谁会忘得了那种热辣却让人上瘾的滋味？"温暖相敬"不是她们的沸点，于是永远也实现不了精神上的高潮。十年之后，她们若是心有不甘，在深夜的KTV里凄惶地唱"难道我就这样过我的一生"，该多么难过。

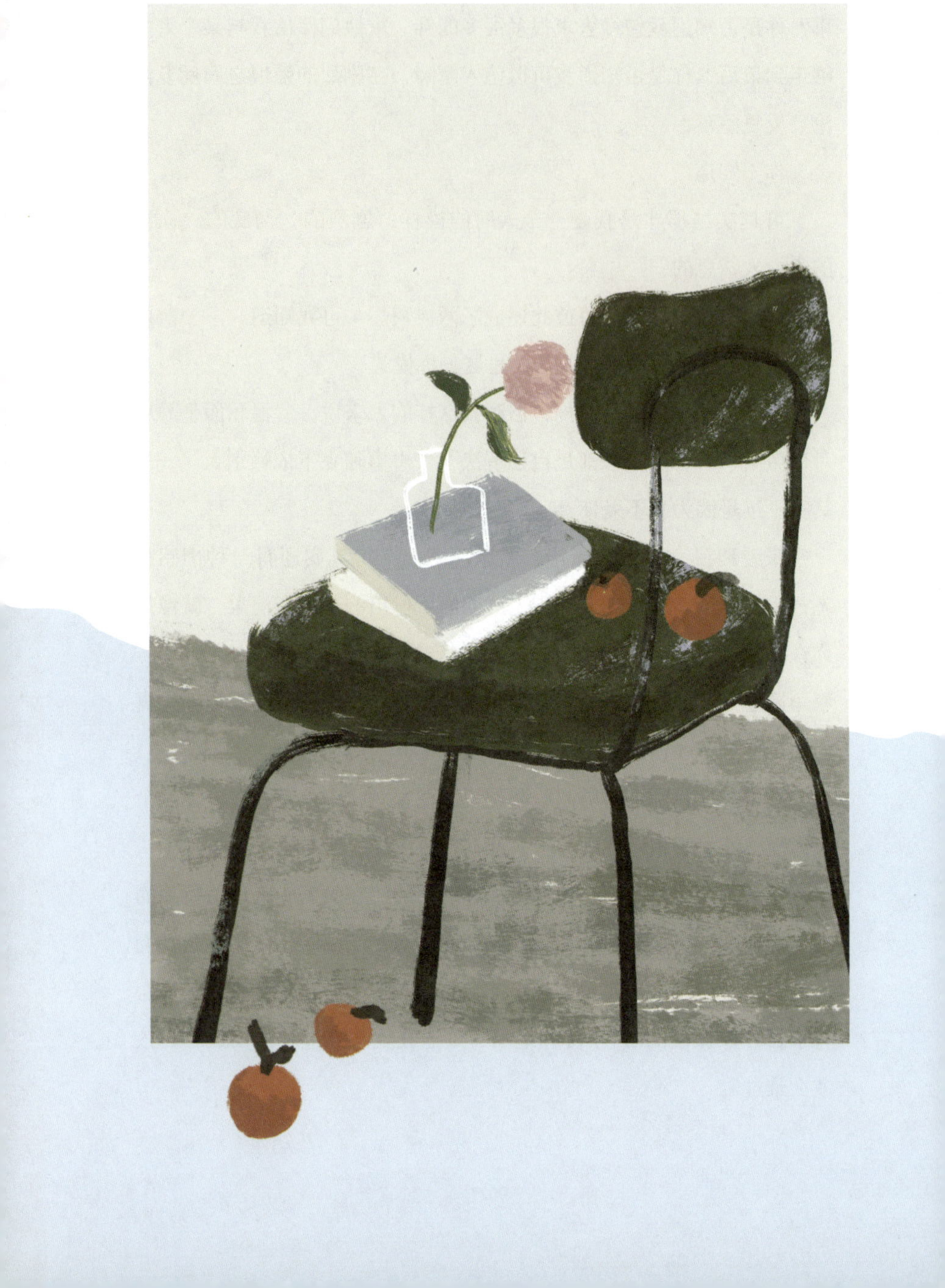

茫茫大雪，一片荒芜，唯有一座木屋，一瓶伏特加。如我这一生所求，不过是一口饭、一片瓦、一台可传递思想的电脑，若有其他，便是一个能够热烈相爱的人。

于是，或者独善其身，或者热烈相拥。

你知道，有一些人，从来只在冷静与热烈之间。

人间有光

所有公平且免费的事物里，我最喜欢日光。不论是清晨光线略刺眼的第一缕朝阳，还是傍晚温柔映照万物、为人间镀上一层金光的夕阳。偶尔在午后开车进城，从幽暗桥洞里驶向尽头的光源，穿过那一截长长的桥洞后，第一缕光跃入眼的瞬间，你能看到这座城市明亮的模样。

我之所以喜欢这个明亮又带着破落的人间，大抵就是因明亮能照清角落里的每一处破落，也将洗净那一些破落的渣滓——就像我在得闲的傍晚会顺着家附近的旧街区散步，挑那些被阳光覆盖的小道走。因着明亮的光线，小道上的绿植与鲜花、秋冬渐呈金黄的梧桐叶都被映得分明，而树杈之间的蜘蛛丝、小道角落里的积尘与渣滓也都尽在眼前，它们被发现，被正视，最终被处理。

于是小道始终干净而整洁。绿树成荫，有鸟叫，有虫鸣，有每一个傍晚与清晨都徘徊散心的爱侣。

你看,原来明亮出现在破落里的意义,是使得这破落渐趋于洁净与光明。

这样的过程,我想某种程度上,也是万物进化的过程吧。

人大概也是同样一个道理。

像幼时读荀子的著作,以为荀子先生太悲观,总认为"人之初,性本恶"。而成年之后再读荀子的文字,理解稍深,方知晓荀子是真正客观的辩证唯物主义者——相信事物之成长极大程度地受外界与自身见地的影响,一念可天堂,一念可地狱。

而人之转变,从始至终,唯有正视自身的"恶",再去洗涤它,那一点恶念才能有被纠正转变的余地。

寻找,正视,纠正,向善。

如顾城那首家喻户晓的诗:黑夜给了我黑色的眼睛,我却用它来寻找光明。

我从前很不喜欢这一类朋友:因着熟悉,闲谈间专挑你的软肋踩;多人聚会时,为体现与你是老相识,最爱拿你的短处在公共场合开玩笑,如此旁人看着是"哇!你们好熟,连这都知道",可其实当事人心里对这人只有无数的吐槽。

说实话,我至今依然不喜欢这类人,因为心中对"益友"的定义,是那种在外人面前能考虑到你的自尊心,而私底下与你知无不言的人。只是"挑刺专业户"遇多了,你便会发现其实能得到这样的益友,靠的不仅仅是彼此的交情,还有对方的修养。

简而言之,出门靠运气。

益友虽好，可到底少。我的朋友小A有言："其实那些能随口扯出咱缺点的人，从某种程度上说还真是了解咱们的，所以遇到这样的人你就只需做两件事：一、判定非益友，别靠得太近；二、想想自己身上是否真有他所说的缺点。"

灰尘永远在阳光之下最显眼，你身上的"恶"，永远在别人口中最清晰。只是它或许会被具体化、夸张化、妖魔化。

这时候，问问自己：我是不是别人口中的那副模样？如果不是，请坦荡往前走。

人之初，性本恶。

真好，人间有光，而我们还有前进的希望。

Part 2

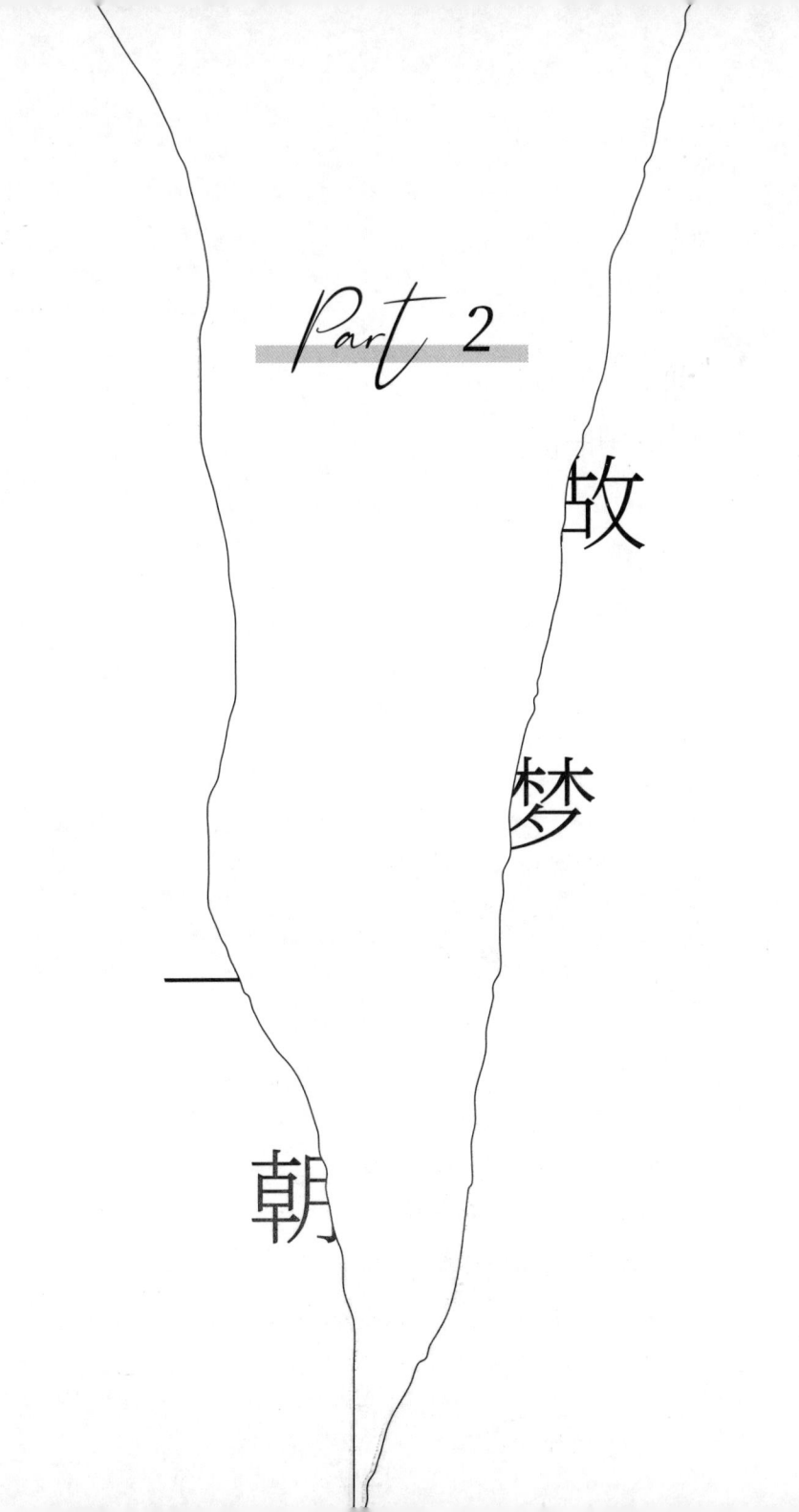

故梦一朝

那人有
十一张面孔

/ 楔子 /

"新娘何珊珊女士,你是否愿意与你面前的男士结为合法夫妻,无论健康或疾病,贫穷或富有,你都愿意与他相亲相爱、相依相伴、相濡以沫,一生一世,你愿意吗?"

- 1 -

那一刻也不是没有犹豫的,何珊珊心想。她曾经在一个又一个的镜头前撒谎,眼睛眨也不眨一下,可在神面前,这样郑重其事地撒着小小的谎,她突然间有点慌。

眼前不知怎么就浮起了傅申的面孔,在一堆被生活挤压到变形的面容中,傅申模糊的面孔耀眼夺目。

直到Amy在一旁焦急地摆手:"何珊珊,何珊珊!你干吗呢?"

何珊珊这才回过神来,看着面前这张同样英俊的脸——浓眉毛,大眼睛，笑的时候左脸颊上有不甚明显的酒窝。她微微一愣，随后，又迅速反应过来："是的，我愿意。"

神的光芒照大地，欢歌奏起。无限美好绚烂中，何珊珊听到远方传来了声音："cut（停）！"瞬时间，天地五光十色，光和影变幻着，无限欢愉绚丽之中，她突然回头，看向Amy："还记得那一年的酒吧街吗？"

"哪一年？"

"遇见……"她没再说下去。

其实，是遇见傅申的那一年。

那是何珊珊第一次来厦门。

表姐Amy有云："幸福是什么？幸福就是做你爱的事，吃你爱的菜，其余一切，都是扯淡！"

而表姐最爱灯红酒绿，热衷醉生梦死，于是在珊珊来厦的第一天，Amy的欢迎礼就是将她拉到酒吧一条街中。

那也是何珊珊第一次来到这样的场合：衣着前卫的男女带着不同程度的酒意，在人挤人的空间里尽情放纵。何珊珊不懂得玩也并不爱玩，只是在被Amy硬塞了杯鸡尾酒后，百无聊赖地拿着手机，拍周遭那些色彩斑斓的灯光与酒液。

可突然间，一名冒失的醉鬼撞在何珊珊的手臂上，将她已然按下拍照键的手一撞——只这一撞，手机歪了，傅申从另一个角度进入了她的镜头里。

很久之后，当何珊珊点开手机相册，脑中总会浮起那天的场景：目光冷漠的男子，有浓眉毛和漂亮的大眼睛，笑的时候左脸颊上有不甚明显的酒窝。

可那笑容和目光一样的冷漠。尽管彼时他怀中还拥着一名年轻女子，俊男靓女，看起来那样亲密。

Amy说这绝对是她当晚拍到的最美的风景："知道这个男生不？傅申，电视台的专业化妆师，因为经常在直播平台上教别人化妆，在圈里已经有一点名气。还记得我昨天让你看的化妆视频吗？视频里的男生就是他——啊！对不起，忘了你不可能会记得。"

何珊珊笑笑，心想，我确实是不记得了。

不过Amy说得对，不论如何，这也算得上是难得的风景了：身为本土化妆界大师级别的存在，年少有成，身旁还不乏貌美的女子。看，镜头下的两个人是这么美，美得让人心醉。

相信也会让一大群的人心碎。

- 2 -

是的，心碎。

何珊珊第二次见到傅申时便觉得，这样的男生注定会让女生心碎。你看他长成那个样子：美得连女人都羡慕的五官，不偏不倚地刻在那张立体的脸上；接近一米九的身高，阳光帅气；还有那一身引领潮流的装扮。更要命的是，你看他在台上的表情，那么那么的真诚，对着一颗颗无处安放的迷茫之心，再诚挚不过地说："之所以会选择这份工作，就是希望自己能有更好的改变……"

那时Amy已经帮何珊珊在厦门找到了新工作，这聚了二三十人的空间便是她接受"职业培训"的基地。

培训过程中，培训师要求所有人都敞开心扉，讲述自己在过往人生里遭遇过的挫折。可一向要做许多心理准备才敢上台的何珊珊此时顾不得准备，只是错愕地看着台上的男生，再看看自己手机里的照片：浓眉毛，大眼睛，唇角翘起时，左边脸颊上会有一个不甚明显的酒窝，以及一模一样的白T恤！

所有的细节她全一一对比过，却还是无法确定这就是自己在酒吧里拍到的男子。这不仅仅是因为她有天生的缺陷，还因照片上的人与眼前的人的气质实在相差太远。

直到男生发言完毕，起身朝台下致意时，那罕见的近一米九的身高终于让她确定：是，这就是那晚在酒吧中见到的男子。

今天的他气质完全不一样。

酒吧那夜的男生冷漠又张狂，可此时的他，目光温和而忧郁。他安静地坐在那儿，缓缓讲述着某一些过往："我很小就没有了父亲，在我心中始终有一道阴影，那阴影让我不自信、不坦然、不懂得如何敞开心扉……"

那一刻究竟有多少人因他孤独的过往而揪心，何珊珊不知。可她知道自己胸口跳动的那一处突然软了软。直到培训师说"珊珊，该你了"，何珊珊才回过神来。

过往人生里曾遭遇过什么样的挫折呢？

"我大学时学的是市场营销，然而我天生患有面孔失认症，因为这个病，我得罪了客户得罪了老板，实习公司换了一家又一家。每一位领导都对我不满意，可他们不知道，其实我已经尽力了……"

这是何珊珊的故事。

台下的兄弟姐妹朝她投来鼓励的眼神——对，这个新工作很神奇，培训师说大伙儿不是同事更不是竞争对手："我们是兄弟姐妹，一起努力为机构服务,一起创造新辉煌。"珊珊虽觉得奇怪,可到底存款吃紧,她急需要一份可以带来可观收入的工作,于是努力地投入了这个"大家庭"。

"也因为这个病,到现在,我已经对未来失去了信心。我既努力又丧气,想挣扎却始终抑制不住心底的自卑。"话说完后,她自嘲地笑笑,无意之中抬起眼,却对上了人群中一双深邃的眼睛。

那是一双深邃中带着点忧郁的眼,温和、安静。四目相对时,那双眼睛朝自己友好地一弯,何珊珊心口突然流水般地淌过了点暖意。

"他叫傅申,有一双深邃忧郁的大眼睛。浓眉毛,笑的时候左脸颊上有不甚明显的酒窝。"何珊珊努力地记住了一些关键词。

培训结束的第二天,培训师给所有兄弟姐妹布置了个作业:到厦门最繁华的地段,用任何一种方式拉一个新的"兄弟姐妹"加入这个大家庭。

其实在听到这个作业的第一时间,何珊珊心里便有了一丝怪异感,可整个培训基地众志成城,二三十人恨不得立即拧成一股绳。如此热情容不得人多想,更何况这工作是表姐替她找到的,Amy每天变着法子询问她和同事的相处情况,何珊珊不想让她担心,于是只能跟着大部队,一同漫步在这座并不熟悉的城市。

七月的厦门街头有闷热而潮湿的海风,她走在人群的最后,静静看着这座陌生的城。偶尔目光浮动时,眼角总能瞥到前方最高大的那道身影:他今天穿简单的白T恤与蓝色牛仔裤,棒球帽压住了初见那晚吹得很"有型"的发。

突然,那高大身影转过头,正打量着人家的何珊珊心一惊,条件反射地移开眼。

可这一系列动作做完后她却又笑了：何珊珊啊何珊珊，人家又不一定是往你这边看，你这是在做什么呢？

口袋空空，存款见底，她现在最紧要的就是完成组织的任务，不是吗？

然而走上某座天桥时，何珊珊的脚步却又缓了下来。

眼前出现了一系列以"面具"为主题的画作，被展示在人来人往的天桥宣传栏上。画中女子们揭下了千篇一律的精致面具后，露出真实却千疮百孔的脸。

她突然就再也移不开眼，只是定在那儿，静静地看着。

宣传栏的透明玻璃上映出女子浮于画作上的模糊面容，那是一张何珊珊自己都形容不出的脸。那么多年来，她其实一直没能够记住自己的脸，不知是因为患面孔失认症让她对所有见过的面容过目即忘，还是因为长在自己脖子上的这一张脸过于平凡。

耳旁忽而响起了低沉的男声："是不是觉得不戴面具的脸其实更容易分辨得清？"

低沉的、略略沙哑的声音，带着闽南人特有的口音。

何珊珊诧异地转过头，入眼的男性面孔并不在记忆中，可描述起来却正好对上了那些被她用心记过的关键词：深邃而忧郁的大眼睛，浓眉毛，近一米九的身高，笑的时候左脸颊上有不甚明显的酒窝。

是傅申吗？

可刚要开口想问是不是傅申，对方脱口而出的话却令她愣住了："小姐你……好面熟啊，我们是不是在哪里见过？"

这下何珊珊是真的呆住了——什么意思？这不是傅申吗？

可如果他不是傅申，怎么可能在符合那些关键词的同时还觉得她眼熟？

电光石火的一瞬间，何珊珊反应过来了：对，他就是傅申，只不过这个被她暗暗背下了个人特征关键词的"熟人"，其实人家和她并不熟！

这下何珊珊倒是不知道该如何反应了，只是下意识地，一切都是下意识地反应——

"是吗？"她做状寻思了几秒，"我们是不是……在同一家公司？刚刚才结束完培训的那家？"

傅申恍然大悟："哦——是，想起来了，抱歉抱歉！"

他的笑容真诚，道歉亦是诚恳，可这样的诚恳却只让何珊珊觉得失落。知道吗？就是当你以为某人应该记得住你，可事实上他却对你毫无印象时，那种由心底涌上的、止也止不住的失落。

好在这个看起来和她并不在同一个世界的男生十分热情，与她讨论起宣传栏上的画作时也够诚恳，很好地化解了她这种"社恐"人士的尴尬。

聊完画后傅申提出一起回宿舍——对，新的工作单位还给员工配了宿舍，并要求所有新人都得住在宿舍中。

不过人还没下天桥，傅申突然又想起了什么："对了，你是不是对艺术还挺感兴趣？这一带好些天桥上都有艺术展，你想不想看？想的话我带你去看看。"

何珊珊不知道傅申这样的人为什么会对自己那么好，可即便不解，即便她也不是个对艺术有兴趣的人，在这一刻，她还是鬼使神差地点了头。

或许，是太寂寞了。

城市那么大，抬头全是认不清的面孔，除了情感上关心她但事实上工作十分忙碌的Amy，她没有任何可说话的对象。

一直都没有。

于是这回从一座天桥漫步到另一座天桥，在这个盛夏的午后，两人聊了那么多，那么多。

他说他有一幅很喜欢的画，就挂在前面那座天桥的最中央。珊珊随他走过去时，看到硕大画幅上，一名小丑揭下面具后露出了一双哀伤的眼。

那小丑穿着白色T恤和深蓝牛仔裤，一张普通的脸上却有着因大笑而翘起的唇角，和流着泪的哀伤的眼睛。

"离开后你还会记得这张小丑的脸吗？不戴面具的。"

何珊珊摇头："不，我记不住任何一张脸，我只会记得关键词。这个小丑的关键词，是哀伤。"

微笑面具下的哀伤永远最让人难过，就像每一个在城市里努力地想融入却终究力不从心的异乡人。她本以为长成他这样的男子，有十分吸引人的外形，有连Amy都赞叹的专业技能，前途一片光明，未来全是希望——这样的人为什么还会喜欢流泪的小丑呢？是因为培训课上他曾经讲过的那一些过往吗？父亲早逝，母亲抛家弃子，他一个人在孤独中挣扎了那么久？

还是因为某些她并不知晓的原因？

可刚扭头想寻问，身后观画的人却突然多了起来。何珊珊心一紧：傅申呢？

眼前无数张脸，无数个穿着白色T恤的男人，她迷茫地扫了一圈，再扫一圈：脸太多了，真的太多了，人一多她便辨不清各种不同的脸。

可刚开口想喊人，一只手却被人从身后轻轻地拉住："我在这里。"

低沉的、略带沙哑的声音，是闽南人特有的口音。

午后的阳光折射出温柔的金光，给诸多高楼拖下了一条又一条黑色的影，在地面上，那么错落有致。

傅申脸上也被镀上了一层金，何珊珊在人群之中找到了他的脸，看着看着，突然之间就笑了："将来我想起你，脑中浮现的关键信息一定是'午后三点，一双被柔光覆盖的大眼睛'。"

以及，一名英俊的男子。

后面这一句，她无声地留在了心间。

这个下午，何珊珊给他讲了好多事，包括这二十多年来因为患面孔失认症而受到的委屈："你知道吗？大四第一份实习工作，我因为记不住经理的脸，首轮绩效考核就被刷下来；第二份实习工作，因为记不住每一个客户的脸，业绩一直垫底；第三份实习工作更搞笑，我明明记不住老板的脸啊，可是那个老板有狐臭，所以每一次我都能'闻香识人'，直到有一天，他用了香水……"

明明是挺搞笑的故事，可是谁也没有笑。他和她，都没有笑。

只是喟叹无声地浮在了空中，许久后，他终于开口："我们来做个约定吧。"

"约定？"

傅申点头："从明天起，我每天都穿黑色的长袖衫和长裤，在室外就加黑帽和黑色眼镜,这样你就能在人群中迅速把我认出来了。"

"在七月穿长袖衫长裤,还是黑色的?"何珊珊错愕了,"那该有多热啊!"

"就是因为热才会有用啊,毕竟在这种天气里,除了我也不会有其他人穿这样的衣服了。只要没有人撞衫,你不就可以在第一时间里把我认出来了吗?"

- 3 -

何珊珊一生听过无数动人的情话,尤其在后来走红后,每天都有无数粉丝在平台上花式表达"珊珊我爱你"。可是无论怎样辞藻华丽、表达生动的热爱,都抵不过他当初的一句"黑色的长袖衫"来得踏实。

那天傅申和她一同回宿舍时,提起宿舍附近有一家在厦门算得上是老字号的沙茶面馆。

"吃过这个吗?本地人都喜欢的沙茶面,走,带你去试试。"傅申将她拉进那家小小的面馆里。

一碗热腾腾的沙茶面,奇妙地将沙茶酱和本地人常吃的油面结合在一起,何珊珊只喝了口汤就睁大眼:"好奇妙的味道!"

是,好奇妙的味道:汤头咸鲜而香辣,入喉之后,舌间又留了点淡淡的甜。

"酸甜苦辣都有,就像生活。"傅申也喝了口热汤。

话说到此,她突然又想起了方才看到的小丑,那一个他说过喜欢的小丑,在人来人往的天桥上笑着流泪。

"为什么会喜欢小丑呢?我以前总觉得,像你这样的男生应该活得肆意又潇洒。"就像那夜在酒吧里一样。

"可你看到小丑的面具了吗?当他摘下了一层面具露出原本的面目时,竟然还在流泪的同时强颜欢笑。这世上有一五一十的真我吗?有人会把完完全全的自己摆到观众面前吗?不会的珊珊,那幅画的主题,就叫作'面具'。"

这就是他的生活。

摘下一层面具后,里头依然有面具。

那时候何珊珊仿佛听明白了什么,却又仿佛没有太明白,直到将一碗沙茶面吃完,两人走出老铺时——

"小申!"一道带着醉意的中年男人的声音在两人身后响起。

傅申闻声回过头,面色突变。

还不等何珊珊询问那人是谁,他已经仓促地转身,将那中年男子拉到远处。

浓烈的酒气冲刷了午间烈日带来的焦灼。"怎么这么早就喝!"她隐约听到傅申吼了一句。他几分钟后再回来时,那中年男子已经不见了,而傅申的面色也恢复正常:"我叔叔,酗酒好多年了,怎么劝都不听。"

她垂下头,轻轻"哦"了一声。

不知为何,却突然无言了。

而他,仿佛也失去了说话的兴致。

那晚没有什么事,Amy说好久不见了,执意要拉她出去:"买几套好看的衣服打扮打扮你自己。"

其实何珊珊对于打扮是有些抗拒的——她这样平平无奇的一张脸,即使衣服穿得再好看又有什么用呢?可Amy却硬是拉着她,一个商场接着一个商场地逛,逛完之后还拉着她到自己工作的美发沙龙做发型。

"我就和你讲个故事吧。有一个女生,初次见面给人的感觉只有丑,可多次接触后,你发现她谈吐幽默,知书达理,温文尔雅,然后,你会发现什么?"

何珊珊:"人不可貌相?"

"错!是——长得丑,优点再多也没用!"

她"扑哧"一下笑出声,再睁开眼时,就见Amy已给自己理好了新发型。

正是当下流行的波波头,极具个性的线条将她消瘦的面孔勾勒得很有个性。

第二天,一身黑衣黑裤的傅申看到她时竟面露欣喜:"太好了,正好和我今天想做的事有异曲同工之妙!"

"你想做的事?"

傅申扬扬手上的一个黑提包,在何珊珊的疑惑下,将她带离了培训基地。

昨儿两人看了一下午画,当然没能够完成公司交代的任务。不过傅申让她不用慌,任务早晚会完成的。

于是这天在"兄弟姐妹"们继续上街去拉新的"兄弟姐妹"时,傅申将她带到了自己的宿舍里:"闭眼。"

温热的指尖点到她脸上,大半个钟头后——

"睁眼。"

从黑手提包里拿出的镜子就摆在她面前,里头映出了一张包裹在波波头下的、冷艳得连她自己都认不出来的脸。

何珊珊震惊地看着镜中的自己。

"波波头,小烟熏,略为夸张的大地色眼影搭烈焰红唇——珊珊,今天的你拥有一张超模'厌世脸'。"镜子里还有傅申英俊的面容,在她的旁边,对着她微笑。

何珊珊心口一动,有什么东西从镜中那双忧郁的眼睛里暖暖地淌出来,慢慢地、慢慢地,淌入了她的心里。

"你不是总觉得自己相貌平平吗?可是珊珊,'可塑性强的脸''有个性的眼神''能够驾驭任何唇色的嘴唇'——这就是我在你脸上读到的一些关键词。"

- 4 -

一名女子的美与丑,原来是这样仁者见仁的事。他是一名化妆师,他在她身上看到了强大的可塑性,他觉得她美。

真心觉得。

"其实为什么一定要做营销?你记不住别人的脸,或许也可以做点其他什么事,让别人来记住你的脸吧?"

直到很多年后,何珊珊也没有忘记这句话,并且在后来做职业选择时,这句或许无意的话也影响了她太多太多。

那是相识不久的男子对她付出的,最令人心动的诚意。

从这天开始,何珊珊时不时便顶着傅申替她打理的妆容出现。一个女人的自信原来是这么开始的:有人觉得你美,越来越多的人觉得你美,你便开始感受到了美。

时尚敏感度超强的Amy第一时间察觉到了她的改变。

那天"大家庭"又出新任务:在所有"兄弟姐妹"都掏腰包买了

公司的产品后，培训师又要求大家说服身边的亲朋来买产品。何珊珊无人可说服，只好去请Amy。

其实何珊珊也不是没察觉"大家庭"的经营模式有问题的，可当何珊珊将疑问告知给Amy后，这向来比她要聪明得多的表姐竟想也不想，就让她别担心："怕什么呀，连傅申都在那个公司呢，能出什么事？别担心。"

不仅如此，Amy还替她招来了一大帮子姐妹，一群人浩浩荡荡地来到茶餐厅，个个被Amy推荐着去买何珊珊的产品。

场面热闹又欢愉，姐妹们聊得最多的就是何珊珊身上越来越明显的自信。

"我发现珊珊的可塑性真的超强呀，你们发现没，她最近的风格一直在变，而且每种风格看起来都被她驾驭得游刃有余。"

是啊，傅申的努力出效果了，而且效果那样好。

傅申认可的话语在何珊珊脑海中浮现。

"珊珊，如果化妆也算一种创作的话，那么你就是我的缪斯。"

男生含笑的声音仿佛依然响在耳边，那是每次傅申替她设计出新妆容时总要发出的感叹。她耳朵热了，永远记不住任何一张脸的脑子里，竟模模糊糊地浮起了一张熟悉的脸。

那人有一双深邃忧郁的大眼睛，浓眉毛，笑的时候左脸颊上有不甚明显的酒窝。他越来越经常地浮现在她模糊的脑子里，她越来越频繁地想起他的声音。

他是……

"傅申！傅申竟然也在餐厅里！"突然，坐在Amy旁边的女孩儿低低惊呼了一声。

一瞬间何珊珊还以为自己产生幻觉了,可顺着女孩的目光看过去,不远处,一名身材高大、穿着黑衫黑裤的男子正拿着餐牌朝她们这边走过来。

不过傅申没看到她们,他只是目标明确地走往她们附近的餐桌,一名还明显泛着醉意的中年男子就等在那里!

中年男子——何珊珊定睛看过去,是那天出面馆时看到的中年男子!

她心一惊,瞬时间如同有惊天的谎言立马就要被拆穿。何珊珊脑子里一片空白,什么也没多想,她站起身,直直地奔往黑衣黑裤那一处:"傅申!"

"珊珊?"傅申一看到她便笑了起来,"怎么这么巧!"

可何珊珊面色严肃,她直接地走向他,那么急切地压低声音:"隔壁桌的人都认识你,很可能还会拍照录像!"

果然,她原本坐着的那张桌上已经有人拿起了手机,带着偶遇名人的欢喜。

何珊珊把声音压得更低了:"她们现在还没看到'那个人',你、你先别过去!"

傅申笑容一僵,一瞬间,脸上闪过无数种表情:"你……"

何珊珊这才发现自己情急之下说出了什么。

可来不及了,话都说了,一切全都来不及了。她看到那一刹那有什么东西从傅申温和而真诚的笑容里消失。

"所以你……已经都知道了,是吗?"

何珊珊听不懂大部分的闽南话,大部分。

可傅申一直以为,她听不懂所有的闽南话。

包括培训基地里某些本地人的窃窃私语,包括那天在老面馆外,那醉汉语无伦次的话:"我是……臭小子,竟敢教训……你老爸?"

那一刻,何珊珊耳边如雷声炸响,同时她看到了他将醉汉拉到一旁时慌张的脸。

"你老爸"。

可他老爸不是在傅申年少之时就过世了吗?在那个赚了"兄弟姐妹"们那么多眼泪,甚至傅申自己在直播平台上也提到过的故事里,他爸早就过世了啊。

可那大白天的就一身醉意、穷困潦倒的中年人,为什么又会变成他爸?

她记得那时傅申迅速将中年男人拉到一旁,脸上有复杂的羞耻之色一闪而过。如同当时他身上复杂的气质。

茶餐厅里人声鼎沸,那么多人,那么多张脸,可她全部的感观里只剩下眼前男子白净的面容:不再冷漠也不再温和,错愕、尴尬、羞耻、愤怒,所有复杂的情绪全在那张脸上过了一遍,然后,同时消失在绅士的面具下。

她看到傅申收起了所有的表情,温和地朝她点了下头:"我还有点事,先走了。"

近一米九高的身躯毫不犹豫地转过去,离开了餐厅。

"傅申……"

傅申没听到她的声音。

何珊珊急急地追出去。多么巧,餐厅对面竟然就是那天赏画的天桥。那天桥上的小丑依然在流泪,嘴角的笑容也还在,仿佛仍陷在马戏团表演中的掌声里。

餐厅外的人太多了，映入眼的却没有任何黑衣黑裤的影子。何珊珊匆忙拿起手机，开始拨打傅申的电话。

那边的电话通了，可马上又被人挂断。

"对不起，您所拨打的电话无人接听。Sorry……"

何珊珊怔怔地，收起了手机。

"可你看到小丑的面具了吗？"那天他在面馆里对她说，"当他摘下了一层面具露出原本的面目时，竟然还在流泪的同时强颜欢笑。这世上有一五一十的真我吗？有人会把完完全全的自己摆到观众面前吗？不会的，珊珊……"

不会的。

突然间，何珊珊明白了这话的意思。

培训依旧在继续，可这天傅申却不再带黑色手提包，也不再坐到她身旁。培训师在台上口沫横飞、天花乱坠地说着话，何珊珊看着身旁空出来的位置，目光无意地，又瞟到了前方那道高大的黑色身影。

你看，即便心有芥蒂，可说了每天穿黑衫黑裤的他，还是继续遵守着诺言。

台下的"兄弟姐妹"已开始汇报起成绩：谁谁说服了自家父母买产品，谁谁连小学同学也给拉进"大家庭"了。氛围开始热烈时，何珊珊终于忍不住，又拿起了手机。

"对不起，我那天不该瞒着你的。"微信发过去，群情激昂的空间里响起了一道微乎其微的声音。

那是前方某人的手机有新微信传进时的提示音。她看到那道黑色的身影低下头，可她的微信上却迟迟没有收到回复。

何珊珊的指尖在手机上方停了片时，想写些什么，可写了删，删了写，最终，只拼出了一句——

"除了我，不会有第二个人知道。"

前方的黑色身影似乎动了，他的手抬起，是不是要给她回微信了？

可突然，就在一群"兄弟姐妹"正在激情澎湃地发言时，培训基地的门被人"砰"的一声撞开来，好几名身穿制服的民警闯进基地里："警察，都趴下！"

整个培训基地全乱了。

"警察？为什么会有警察？我们没犯法啊！"人群之中有人尖叫着，可何珊珊一点都没听到，此时的她满心满眼只有前方那道黑色的身影。

那黑色身影抬起的手换了个姿势，原想回信息的动作，最终变成了收起手机。

他收起手机站起身，镇定得和全场格格不入，缓步走向民警。她看到那人又重新罩起冷漠的面具，她看到他走向某些人最害怕的地方，伸出手："傅申。"

这是一个传销组织，何珊珊早就察觉到了不对劲。

"穿黑衣服的那个是传销头目，白衣服的是培训人，昨天他们刚给在场的人洗了脑，所有人都掏钱买他们的产品了，包括被洗脑人的亲朋好友，数额大概十六万。"

"感谢傅申同志的配合。"

"应该的。"那高大的黑色背影转过头，对上她迷茫的双眼时，又低声和民警说了些什么。于是民警很快便将何珊珊也带了出去："感谢何小姐的配合，傅申先生说，你是一开始就主动进传销组织配合他寻找证据的同志。"

何珊珊怔怔地看着眼前的这一切，看着那人在民警和她说话时走远的身影，直到反应过来——

"傅申！"

那黑色背影停了一下，何珊珊迅速跑上去："傅申，你是不是……"

"是，"他微微一笑，带着那个下午在天桥首次搭话时绅士得无可挑剔的气度，"感谢你的配合。"

何珊珊一愣。

什么意思？他在说什么？她配合过他什么？

"我想你应该知道了吧，是Amy替你报了我的'素人改造'项目，一切只是因为Amy的请求，所以在酒吧那晚我们会相遇，所以，"他微微一笑，"你来到了这里。"

"珊珊，你的表姐一直很关心你，所以在你来厦门之前她就找了我，希望我能帮你提升自信。而我的要求就是让你配合我，端掉这个传销组织。"

"我很小就没有了父亲，自他加入传销组织、被所谓的'大家庭'骗光了所有积蓄后，我原本还算温暖的家庭就破碎了。在我心中始终有一道阴影，从小时候起，我便立志消灭所有我能够消灭的骗局……"

手机屏幕上映出了年轻男人温和微笑的脸，他有忧郁的大眼睛，漂亮的浓眉，笑的时候，左脸颊上有不甚明显的酒窝。

他叫傅申，是化妆界因一个"素人改造"项目和一场传销活动而突然大红的专业选手，圈内人口中的"傅老师"。

傅申那天说的话竟然是真的：就在她被上一任老板辞退后，下决心来厦门投靠Amy时，Amy正好在傅申的直播平台上看到了他的"素人改造"项目信息。

"傅老师，我有个表妹一直觉得自己外貌普通，能力平平，她找不到自己的闪光点，所以一直以来都很自卑，傅老师能不能帮帮她？"那天Amy看完直播后，就到私信里给傅申留言。

而几天后，她收到了傅申助理的回复："可以，不过有一个要求。"

那已经……是很久以前的事了。

如今的傅老师坐在镜头前，接受着主持人兴致高昂的采访："听说您在卧底期间还继续着您的'素人改造'项目，这回改造的是哪位素人，能把照片发出来看看吗？"

傅申微微一笑，不动声色地罩上了那个绅士的面具："抱歉，这次是私人定制，不方便公开。"

何珊珊慢慢地、慢慢地，拿开了手机。

"傅申就是傅申，眼光毒辣，审美逆天，何小姐，他向我推荐了你……"将那个视频拿给她看的是某模特公司的经纪人，此时两人正坐在咖啡厅里，在何珊珊永远记不清人脸的脑袋里，反射出了经纪人满意的笑颜。

三天前，何珊珊在再一次求职碰壁时接到了这个经纪人的电话，对方说有人给了他资料。何珊珊开始还以为是Amy帮她投的简历，现在面对面坐下，才知那是傅申的功劳。

"抱歉，我没兴趣当模特。"

"可你没发现自己有一张可塑性极强的脸吗？"

何珊珊沉默了片时，最终只朝他笑笑："抱歉。"

走出咖啡厅，外面是盛夏难得的大雨。这座潮湿的沿海城市，她明明已经来一个多月了，可还是第一次如此真切地看到它大雨滂沱的面貌。

天桥上的小丑依然在流泪，在聚起了薄薄水雾的玻璃下，不知谁往他上翘的唇角上又添了两笔：小丑的嘴角弯下了，在流着泪的眼睛下，露出了一张撇着的不快乐的嘴。

是谁改的？是谁，谁让小丑揭下了第二层面具？

"是不是觉得这才是他该有的样子？"身后一道低沉的声音传过来，聚着水雾的玻璃上，一道黑衫黑裤的高大身影映在了那里。

在这样热的八月天，那人又穿起了一身闷热的黑衫黑裤，出现在她迷茫的世界里。

何珊珊迅速回过头：忧郁的大眼，浓眉毛，微笑时左脸颊上有不甚明显的酒窝，盛夏里的黑长袖衫和黑长裤——不是傅申还能是谁？

"为什么要拒绝那个经纪人，就因为他是我介绍的吗？"

一时间，何珊珊竟不知该怎么回答。

傅申自嘲地笑了一下："也对，对现在的你来说，我大概就是个骗子吧。什么都是假的，脸上罩着数不清的面具，身上有一层再厚重不过的'人设'。"

何珊珊的嘴张了张，想说什么却不知该如何开口。

不，她不是这样想的。她只是，只是……

只是什么？傅申不再给她时间琢磨。

"知道为什么我痛恨传销组织吗？"他往前走了两步，走到离小丑更近的地方，看着那双流泪的眼睛，"小升初的那一年，学校曾经组织过一次亲子活动，老师在让全班观看过一部亲子教育片后，让我们打电话回家，告诉父母'我爱你'。"

"而那个时候，我爸在喝酒。"

"我爸"。

直到这时，他终于平静而坦然地，在她面前提起了这个称呼。

那是傅申终其一生都忘不了的下午。十三岁的某个午后，当他在老师和同学微笑的鼓励下打通老爸的电话时，醉醺醺的声音从电话里传出来："喂？"

那时那个男人已经被传销组织骗光了钱，老婆跑了，他日日以酒为伴。

而也是在那个时候，他的孩子在周围无数人善意的鼓励下，终于鼓起勇气拨通了他的电话："爸，我是小申，老、老师告诉我们说，这么多年您辛苦了，我……"

"臭小子！"可电话那端只传来傅父暴躁的声音，"混蛋东西，你把我的酒钱藏哪儿了？吃里扒外的东西！"

怒气粗暴地从电话那端砸过来，砸在他好不容易鼓起的勇气上，砸碎了十三岁少年心中仅存的那一点温情。

周遭仍是善意的温柔的目光，可耳朵里的骂语连绵不断。十三岁的傅申仓皇地挂断了电话，无力再回应周遭错愕的目光。

"我想他大概是太醉了，醉得连人话都听不懂。"傅申口吻平静，如同在陈述着与自己不相关的往事。

可何珊珊看到他哭了。

不是羞耻的、愤怒的眼泪，而是落寞的、绝望的，是一个曾经渴望过爱甚至现在也依旧在渴望的人，对那一段冰冷过往的无助。

"所以知道为什么我要撒谎了吗？他被传销组织骗光钱之后就开始酗酒，醉了就打人，所以妈妈走了。妈妈一走，他就继续酗酒，醉了便打我。那时候我就告诉自己说，我没有爸爸，我爸死了，他早就死在了被传销组织洗脑前，死在了温柔地买沙茶面给我吃的那一晚。而那一晚之后，我再也没有爸爸。"

他哭了，在八月里这个大雨滂沱的午后，在流着泪的小丑面前。他哭了。

为何城市已经如此地疾驰，却还是不愿停下来，看一眼那些被遗失在数十年前的遗憾？

"你说观众是更喜欢一个自力更生的孤儿，还是更喜欢一个父母双全的'孤儿'呢？"

原来面具罩得太久，若要脱下，竟需剥皮，甚至伤筋动骨。

傅申始终没有转过身来，只是背对着她，抹了把自己潮湿的脸："告诉你这些就是想说，二十一世纪了，谁还没有点难堪的过去？何必陷在记忆里不肯出来？你看，什么都会淡的，人一旦戴上足够结实的面具，就可以大步地往前走。何珊珊，你也一样。"

大雨滂沱，一直下，一直下，冲淡了他话里的哽咽，冲淡了那些难堪的过往。

何珊珊突然想起阳光明媚的那一日，讲完过往遭受到的挫折时，所有"兄弟姐妹"都将鼓励的目光投往她身上，包括眼前这个人。

他有一双忧郁而温和的大眼，在人群之中，微笑着朝她看过来。

可那时她所做的选择是——移开视线。

那是一个多月前的培训课，对自己太不自信的女孩儿没能大方地接住投到自己身上的目光，她躲开了，没有回以他同样诚挚的微笑。

而再一次相逢，就是在天桥的面具画前方。那时男生明明已经目标明确地来到她身后了啊，明明知道她就是同一个公司里的女生，却在何珊珊准备喊出"傅申"时，他说："小姐你……好面熟啊，我们是不是在哪里见过？"

原来就在她将自我保护的面具往脸上套时，他也曾经受伤地，往脸上罩过一模一样的面具——我没有一直在关注你，我只是……只是无意中看过你的脸，就像你对我的不经意。

那不是计划，不是他所说的"一切只是因为Amy的请求"——原来在她不经意地流露出自己的脆弱和抗拒的时候，他已经先她一步受过了伤。

就像那天在面馆外遇到傅爸时的惊慌，像那天在茶餐厅发现她早了解了一切时的复杂情绪，像……小丑在雨中揭下第二层面具，流着泪，望着对面人的眼睛。

- 7 -

这个八月，滂沱大雨下了整整一星期。一星期后何珊珊主动找上了傅申介绍的吴姓经纪人，答应到他的模特公司尝试看看。

半年之后，一个出圈的国产潮牌广告让何珊珊意外在圈内站住了脚，部分观众记住了这张可塑性极强的脸。

一年后，傅申创立了自己的化妆品品牌。

他们再也没有见过面。

那个盛夏暴雨里的交心仿佛是彼此心照不宣的永别——我把所有的不堪、痛苦、尴尬和企盼全都告诉你，仿佛一场从未幻想过的自我洗礼。

洗完之后，一切都过去了。

而过去的，全都永别了，包括这个知晓了他太多秘密的女子。

两年后，何珊珊的"星途"越走越顺，一张可塑性极强的脸让她轻易经受住了各大品牌的考验，什么妆仿佛都能往她脸上套，曾经有很多化妆师都说"何珊珊就是我的缪斯"。只不过偶尔，偶尔当化妆师拥有一副十分高大的身躯和浓眉毛大眼睛时，何珊珊总是会微微地，恍了神。

"今天的化妆师……该不会是傅申吧？"

"你想什么呢？"已经成为她经纪人的Amy顿了一顿，然后，用斩钉截铁的语气告诉她，"傅老师那种级别的化妆师会来给你一个小模特化妆？你以为自己是刘雯呢！"

何珊珊无声地笑笑，看着化妆间里的那道高大身影。

从业三年，曾经有十一次，负责她的化妆师拥有一副十分高大的身躯，以及浓眉毛和大眼睛。

圈里的男女都精致，每次一靠近就香气扑鼻，可这十一次替她上妆的高大化妆师，却碰巧都不化妆也不用香水，只是在最重要的场合过来替她上了妆，然后，拍一张照片，走人。

对了，还有她最早出圈的那一个平面广告，妆容就出自一位浓眉大眼的化妆师。

而这回……

这回，是何珊珊第一次当品牌代言人。

某婚纱品牌认为她身上的气质十分符合他们的品牌定位，于是何珊珊来到了这里，穿着白色的婚纱，戴着头花，手挽在一名高大男生的臂弯中。

"新娘何珊珊女士，你是否愿意与你面前的男士结为合法夫妻，无论健康或疾病、贫穷或富有，你都愿意与他相亲相爱、相依相伴、相濡以沫，一生一世，你愿意吗？"

那一刻，灯光之下的新娘微微恍了神，看着面前这和她一起拍广告的搭档。

他有一双忧郁而温和的大眼睛，浓眉毛，笑的时候，左脸颊上有不甚明显的酒窝。

"新娘何珊珊女士，何珊珊女士？"

"是的，我愿意。"

- 8 -

广告拍完后，一起拍摄的男搭档很快就离开了，高大的化妆师在化妆间里收拾东西。何珊珊换好衣服后走过去："可以请你吃个饭吗？"

化妆师愣了一愣。

"没别的意思，我就是……你总是给我一种很熟悉的感觉，让我……"她顿了顿，而后笑说，"想起一位故人。"

化妆师接受了她的邀请。

市中心新开了一家意大利餐厅，有传闻说是知名化妆师傅申投资的。Amy带着何珊珊来过几次，这回再来时，何珊珊发现，化妆师对这里似乎比她要熟得多。

厨房给他们做了海鲜沙拉和比萨,还有一份她喜欢的烟熏三文鱼。正值金秋十月,秋高气爽,两人选了外头的露天座位,服务员将他们的食物全部送上后,又送了一束百合,花束上有一张卡片。

何珊珊发现附着卡片的百合似乎是这家餐厅的特色:"让我来看看今天的卡片上写了什么。"

她认真地盯着卡片瞧,而对面的化妆师喝着柠檬水,貌似不经意地盯着她卸了妆的脸。

简单的黑色长直发,不施脂粉的脸,如同最初相遇时。

不远处,早被她忘记了模样的工作人员也来到了同一家餐厅。

"哎,她真的有那么夸张吗?傅老师都给她化那么多次妆了还认不出人来。"

"脸盲就是这样咯,她可是最严重的那种脸盲。"

"难道他俩就一直这样?"

"谁知道?反正傅老师也是一副没打算让她认出来的样子,不然干吗每次来给她化妆都用化名?"

…………

餐厅本季度的卡片上写了一句很奇怪的话:那人有十一张面孔,可我最爱的,是她卸了妆的面容。

何珊珊动容地合上了卡片:"真美,美得像是一首诗。"

化妆师微微一笑,左脸上的酒窝若隐若现。

也许下次再有高大的化妆师替自己化妆时,何珊珊会偷偷存一张照片,拿到傅申的直播间里做对比。

也或许,待会儿在面前这人没注意时,她就会悄悄拿起手机。

谁知道呢?这城市奔驰得如此之迅猛,亿万种可能都存在。

可没关系的,真的,没有关系。来日那么长,而此时她就在他身旁,说起第一次来厦门的情景:"我好自卑的,天生的缺陷已经快把我折磨疯了,直到有一天,有一个人和我说,为什么不让别人来记住我的脸……"

他微微一笑,绅士地替她用热水擦拭好餐具:"是啊,现在好多人都记住了你的脸。"

已经是挺完美的结局了,是不是?

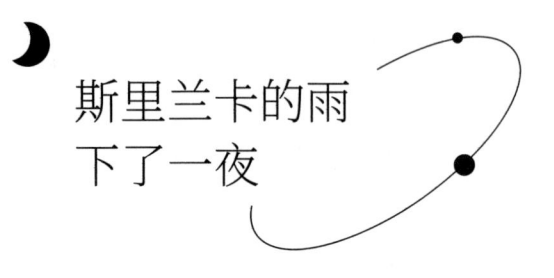

斯里兰卡的雨
下了一夜

/ 楔 子 /

抵达斯里兰卡的第三天,窗外的连绵雨落了一夜。倪真每逢换床便失眠,来到这里后每天更换住处,算上今天,她已经在这个国度连着失眠了三夜。

酒店是西欧风情,每扇窗外都有绿色的硬质布棚。雨落下来,噼里啪啦,触动着她在深夜依然清醒的神经。

一年三百六十五天,倪真失眠两百天,褪黑素已经吃成了"家常便饭",可第二天考察时,面上看着依然精神奕奕。

只是,失眠的人大抵都懂,长期失眠后,人的思维会慢慢变缓,反应会慢慢迟钝,在看似无恙的表皮下,其实是一颗再难以集中精力的心。

于是第二天的合约她没签,只说再考虑考虑。对方代表用带着浓重地方口音的英文说"OK,Thanks",回给她一个灿烂的笑容,露出了洁白的牙齿。

他说:"倪小姐看起来心神不宁,如果夜来多梦,不如到寺庙里走走。"

斯里兰卡许多人信佛,她今日所在的康提,最大的旅游景点就是佛牙寺。

左右谈完合同后无事可做,倪真一个人在康提的阳光下散步,散着散着,最后竟真散到了寺庙里。

缘分如此,于是合掌,祈祷。

他人所求,无非是平安、健康、财富、名利,一生贪嗔痴,在佛祖面前一一倾诉。而倪真只求一事:"佛祖,今夜请让我安睡。"

后来她在康提的超市里选购当地红茶时,无意地从各式各样的包装中发现了一款"Sleep Tea"。夜里回酒店,将这Sleep Tea泡上了一杯,也不知是下午的祈祷起作用了还是Sleep Tea当真发挥了功效,大半钟头后,倪真竟真的有了困意。

尽管夜里又下起雨,可这回的雨已经惊动不了她了。

她已经三天没合眼了,连带着三晚都没能借着梦境回望某一些往事。如今"夜阑卧听风吹雨",那一些过往如云雾消散,呈现出清晰的内核。

那是旧时风华,恍若前世记忆。

- 1 -

那时候的她还很年轻。

真奇怪,不过相去半年,如今的她眉间竟有了疲意。

半年前,倪真开始察觉到周斯言的异样:经常无缘无故就取消约会,过长时间地加班,说好的一起看电影却总会因他临时有客户而取消,情人节他有客户,他生日也有客户——公司扩张,每时每刻他都有客户。

倪真其实不是什么不敏感的人,不过是信他禀性,也信自己的眼光。直到那夜在餐厅,灯光浪漫,乐声靡靡,她和一同过生日的朋友碰杯时,抬头看到他。

"那不是华盈吗?她回国了?不对啊,阿真,周斯言不是说有客户吗?连生日都没和你过,就为了这所谓的'客户'?"

倪真抬头看到的人,身旁另伴佳人,那张向来淡漠的脸上带着难得的温和。

那是同她说了有客户所以无法一起过生日的周斯言,以及已经追了周斯言数不清多少年的华盈。

后来的餐点倪真已记不清是什么味儿,只记得晚餐即将结束时,她一通电话打到了周斯言处,然后,眼睁睁看着他在餐厅另一侧的座位上挂了她的电话。

夜里再回过来电话时,已是深更。

"刚在和人谈事情,怎么了?"男人的声音在黑暗中带着淡淡的疲惫之意。

她的手机屏幕上还是两人的合照,彼此眼中是热恋时闪亮的星星。他曾经说"阿真,我讨厌谎言",他曾经说"在你之前我其实就试过了,可我没办法接受华盈,我不爱她,没办法接受她"。

不过三年。

时光大概能改变一切,包括曾经信誓旦旦的情话。

倪真的眼泪突然汹涌地流出来,止也止不住。

初识周斯言时，她还是个学生。那天学校组织采茶活动，她从人挤人的山脚一路爬到了空旷的顶峰，当所有喊累的不愿爬山的同学都被甩到远处后，倪真一个人，在无人的山顶，开始寻找教授口中的一株"高山红茶"。

也是在那里，她遇到了他。

高山空气无限好，日光呈现出薄薄的金黄。等倪真好不容易在某个犄角旮旯里发现了高山红茶树的踪影时，却看到了一道身影正倒在那里。

那是名受伤晕倒的男子，看模样应该是同校同学。倪真吓了一大跳，快步走过去："同学，同学？"

可同学怎么也叫不醒。

在这样的高山上昏倒，问题可大可小，所以每回学校组织采茶活动都会配校医。倪真喊了几声无果后，当机立断，拿起手机就给校医老师打电话。

可也不知是山顶信号实在差还是命运就是这么安排的，连着好几次，她都没能将电话拨出去。

只能下山去找人了啊。不过这回运气还算好，她还没跑几步，远远地就看到了山腰处爬上了几名女生。倪真赶忙追过去："同学，高山红茶树下有人晕倒了，我下山去喊校医，能不能麻烦你们暂时照看一下他？"

那时倪真戴着帽子和口罩，没人能看得清她的面容。可倪真却在看清楚被自己喊住的女生时，一愣。

那天的结果是，倪真最终也没喊来校医。因为就在她快跑到山脚时，同寝室的小丸突然喊住她："你刚才上山了吗？看到周斯言没有？听说他在山顶摔晕，被华盈救了！"

"周斯言？"

"对啊，就那个研究出新烘焙方式的家伙，你一直想跟他合作的周斯言啊！"

啊，原来那人就是周斯言。

倪真早就听说过他的大名，据说这人不仅专业成绩好，大学四年获奖无数，更是在临毕业前研究出了一款新的生茶烘焙技术，而且凭那技术得到了令所有同窗艳羡的天使投资。

所有的大四生都在忙着面试，可他已经在忙着挑选茶厂地址、改造办公环境、选择合作伙伴。

小丸说："刚才救护车从另一条路上去了，听说是华盈最先发现他，所以才打的求救电话。"

倪真没说话了，只自嘲地笑笑。

大概这是命。

长大后很多无解的难题，最终都只能自欺欺人地归结于命运。比方在听到教授谈论"高山红茶"的概念时，她脑中闪过某种烘焙工艺，可还没实践，便听闻有个叫"周斯言"的学长发明了这一款工艺。比方她无数次想找周学长探讨一下这一款工艺，却最终在命运的安排下，与他擦肩而过。

几天后，学校里开始流传起一条极富趣味性的流言：其实在华盈救周斯言之前还有另一名女生发现了他，可惜那女生搜走周斯言的手机、钱包后就拍拍屁股走人了，留下华盈一行人，好心地替他叫了救护车。

再后来，听说两人顺理成章地在一起了。

你看，十分老套是不是？安徒生听了估计都得从地下跳起来骂人。

可在安徒生的故事里，救王子的是国王的女儿而不是海的女儿，在现实生活中，救周斯言的是华盛的千金而不是普普通通的倪真，于是门当户对，于是皆大欢喜，于是王子和公主幸福地在一起。

只不过偶尔在听到"华盈"这名字时，倪真眼底会有淡淡的情绪一闪而过，最终隐没在自己的沉默中。

"其实周斯言是周家外室生的，说白了就是私生子，要没有像华家那样的靠山，估计他在他们周家也混不下去——阿真，阿真？"

"嗯？"

"你怎么都不说话？"

午餐时间，食堂里人头攒动。幸得几个室友早早占好了位置，她们才能一边悠闲地吃饭，一边还八卦与自己全无关联的事。

倪真有一下没一下地扒着餐碟里的饭："我在想，你们认识周斯言吗？或是认识他们家的人？"

"没有啊。"

"没有怎么就知道他混不下去了？"

刚刚那言之凿凿的女生一怔，可很快，几人全都尴尬了起来——不，当然不是因为倪真这漫不经心的一句话，但是众人的视线突然全集中到了同一个方向，脸上的表情精彩纷呈。倪真顺着她们的目光扭过头——

然后，一怔。

周斯言。

他就站在人群后方，高高大大的男生，穿着球衣擦着汗，手上一瓶冒着水珠的冰红茶。

没有人知道周斯言到底来了多久，所有人都只看到他站在那里，英俊的脸上没有任何表情，那目光在众女生之间扫了一圈，扫到倪真身上时，略微顿了顿。

然后，朝她轻轻颔首。

倪真的眼神意味不明。

再一次见面，就是在曾经相遇的高山上了。还是那棵高山红茶树，还是那位置。倪真在茶树下看着新摘的树叶做记录时，一道身影无声地来到了她身后。

没有人知道，在此之前，其实倪真已经来过无数次，尤其在得知那天昏倒的男生就是周斯言之后——周学长为了完善他的新烘焙技术废寝忘食，周学长只要一得空就肯定要到茶山上来做考察，周学长那天之所以会昏倒就是长期的高压工作导致的……而从那一天起，倪真也得空便来到这高山上，茶叶研究过很多遍，记录做了一大堆，密密麻麻全挤在那小小的笔记本里。

只不过这回再做笔记时，从她的上方突然罩下了一团黑影："错了，重烘焙不适合这样的古树，会损坏茶叶原本的品质。"

倪真吓了一跳，随之回过头，就看到一张英俊而眼熟的脸。

"周斯言？"

"是我。"他微微一笑，仿佛对"她知道他名字"这件事毫不惊讶。然后，又问："倪真？"

"你怎么知道是我？"

"张教授到我们茶厂参观时，说有名大二的学妹曾提出过和我一模一样的烘焙方式,她的名字叫倪真。"

可其实不是这样的,两人都心知肚明:他记住她的脸,才不是因为什么烘焙方式。

那这不是因为,某个午餐时分的食堂里,有人在那些戏谑声中替他问出了两句:"你们认识周斯言吗?没有怎么就知道他混不下去了?"于是大名鼎鼎的周斯言,记住了这女孩儿的脸。

回过神来时倪真才发现,原来他挨得那么近,一对耳朵突然无法抑制地红了,她本能地往后一退。

"抱歉,冒犯了。"周斯言温和地笑笑,"研究做久了就是这样,时刻只关心着数据对不对劲。"

啊,对,数据——这样好的时机,为什么她不把从前没能够向他请教的问题拿出来讨论?

一瞬间倪真的眼睛又亮了:"学长你现在有时间吗?"

而后那一个下午,倪真实现了与周斯言深入探讨烘焙工艺的愿望。

两人就在那棵茶树下待了好几个钟头,直到日落西山,直到深山老林中响起了第三个人的声音。

倪真耳尖,一下便听出了来人是谁,可周斯言完全没听到。

他全身心地沉浸在方才探讨过的烘焙程度问题上。倪真静静看着这人认真的脸,不知过了多久,突然间开口:"对了,那天华盈最后把你送到哪家医院了?"

周斯言奇怪,不明白面前的女孩儿为什么要问这个和她完全不相干的问题。

可倪真却笑了:怎么会不相干呢?

"你摔伤昏迷的那一次,不是有个传说中'最早发现你却偷了你钱包然后拍拍屁股走人'的同学吗?"倪真安静地看着他,在远方传来的脚步声越来越近时,说,"我,就是那个同学啊。"

很多年后周斯言依然记得这一张笑脸:柔和的五官舒展开,眼睛弯着,唇角弯着,可那笑脸之下却有着别样的讽刺意味。

当然,她讽刺的另有其人。

"不过既然提到了这个,我也就替自己辩解两句吧。学长,传说中你那'被我偷走'的钱包里,可有能够证明你身份的证件?"

周斯言轻轻蹙起眉,觉得这中间肯定有什么误会。

果然,倪真说:"一般人钱包里都会有证件。你想想,以你在我们学校的知名度,我要是为了个钱包就放弃和你认识的机会,那脑袋可真是坏掉了呢。毕竟如今在茶学院里,哪个学生不想拥有到你茶厂去实习的机会呢?"

话说完后她更灿烂地一笑,双手背在身后,夕阳下,唇红齿白,不算多漂亮的脸在这一刻竟美得有些不真实。

话点到为止,剩下的,就让他自己去猜吧。

华盈为什么会编出"前一个发现周斯言的女生偷了他的钱包"的说法?为什么该说法会在学校里流传得那么广?倪真就算是用脚趾想也知道那女人不过是为了让周斯言更加感激她,只不过……是想踩在她倪真头顶上的感激。

呵。

远方的脚步声终于临近,倪真冷淡地瞥了那靓丽身姿一眼。

姓华的满心满眼全是周斯言,可目光无意中触及倪真时,一怔,随即表情无法自控地变了。

上次在此擦肩而过,倪真戴着帽子和口罩,她看不清楚她的脸。可这回两人狭路相逢,彼此无遮无拦,倪真看到了华盈倏然大变的神色。

可周斯言却直接将这反应联系上了倪真方才的话。尽管他不动声色,可倪真还是在欲离开时,听到了男人冷淡的嗓音:"华盈,上回在这山上第一个发现我的女生,当真偷了我的钱包吗?"

- 2 -

倪真从来就不是一个受了委屈会默默忍受的女子,就像周斯言也从来不是一个能轻易相信他人的人。

他从小的生存环境与大部分人相异,生活所迫,对周遭的一切始终保持着冷静而警觉的态度。是清醒的观察者,如隔岸观火。

"所以,你这辈子就没有过不冷静的时刻吗?"后来的倪真问过他。

怎么会没有呢?

周斯言淡笑,说:"认识你的第二天。"

认识倪真的第二天,周斯言再次出现在她的视线里:"你昨天说所有茶学院的学生都想到我茶厂实习,那,包括你吗?"

倪真没回答,只是微笑着。

那一个暑假,她出现在了周斯言的茶厂。

茶厂是当初周斯言靠天使投资建起来的,但后来华盈不知是出于私心还是见茶厂势头确实好,铆足了劲说服她爸投资。于是倪真甫到逸心茶厂，就听说自己的顶头上司有两位，一位姓周，一位姓华。

只不过，虽然学校里人人将周、华二人当情侣，到了这茶厂，干活的却个个心知肚明：这两人哪是什么男女朋友呢？华大小姐因着对小周总的那点儿爱慕，使劲说服了她爸投资逸心，往自己头上罩了个经理的帽子，可那经理办公室里却长期空着。

偶尔华经理大驾光临，也不过是为了探班小周总。

不过小周总倒是个能吃苦的，倪真在逸心实习了两个月，他便加班两个月。倪真寒假再去实习时，他依然在加班。

有一回倪真手头工作多，做得七七八八时，办公室里已经没人了。整个茶厂黑黢黢的，只有周斯言办公室里还亮着一束淡淡的光。

倪真原想喝点热的暖暖身就离开，可看到那一束灯光时，还是鬼使神差地多泡了一杯咖啡，往周斯言办公室走去。

两人其实没有过多少交流，尽管倪真已经在逸心实习了一个暑假外加大半个寒假，可同他说话的次数却屈指可数。

周斯言不是一个容易对异性产生兴趣的人，或者说，他所有的兴趣全投到他的事业里了，他们相识第二天，他便邀请倪真到逸心工作，大概已经是他这不容出错的小半生里最大的出格。

倪真隔着门上的玻璃，静静看着里头工作的男人。

隆冬时节，周斯言却只穿了一件白衬衫，大概办公室里暖气开得足，他的袖子随意地挽起，露出两截有力量感的手臂。

好像和本人高冷斯文的形象不太符呢。周斯言的那张脸，怎么看都像是刚从文弱少年长成内敛青年，可偏偏一双手却那样富有力量感。执笔改着文件时，他小臂上的肌肉微微隆起，是纯男人的力量。

整个世界都安静了，倪真几乎舍不得打破这份静，看了好久，才终于伸手敲了敲门。

周斯言抬头,见到来人时一怔。

"周总辛苦了,来给您送杯咖啡。"门口的女子朝着他微笑,手上的咖啡杯热气袅袅。

周斯言没说"进"也没说其他话,只是在片时的对视后,搁下笔,走过去接过了咖啡:"谢谢。"

"看来老板很不好当呢,我在这儿工作八十天,周总就加了八十天的班。"

"周总?"直到这时周斯言才反应过来她一直叫着自己什么。

"不是吗?这厂里人人都喊你'周总'呀。"

周斯言无声啜着咖啡。他不说话时身上自有一种敛着的严肃感,所以尽管年纪轻,在茶厂里竟颇有威信。倪真在他身旁静静感受着这份强大的存在感,直到周斯言开口:"你之前都怎么喊我来着?学长?"

她笑着垂下头,仿佛很不好意思的样子。柔软的长发往旁边散了散,露出一截细白的颈。

细白的脖子,如玉,如无瑕的凝脂。周斯言目光在那截细白脖子上停留了一会儿,片时之后,礼貌地移开:"毕竟所有人都在等着逸心壮大,每一位投资人,每一名员工。"

这不是在讨论"周总不周总"了,这是在回答她上一个问题。

可事实上倪真知道,最抱期待的其实不是员工也不是投资人,而是他的母亲周太太。

进了厂里倪真才听说,最初所谓的"天使投资",其实是周家太太拿着周斯言的策划书到旧友间走了一圈才得来的。周斯言的点子好是没错，可那些投资人压根儿就不懂茶，哪里晓得这点子有多好？不过是看在旧时的情分上，盼着这周家世侄当真能成长为老友所期盼的参天大树。

倪真静静看着他眉间的疲态，好半晌后才开口："学长辛苦了。"

从学长到周总，终又回归到学长。

周斯言笑了起来，眉间疲态如潮水般退去。

不过倪真却在这时又想到了什么："学长你等我一下。"

一句话落下，她迅速离开了办公室，再回来时，手上多出了个饭盒："这个我本来是打算当自己的晚餐的，不过现在，"她将饭盒塞入他没拿咖啡的那只手中，"请学长好好吃饭，注意身体。"

饭盒里是煎得很脆的鸡排外加一份西红柿炒蛋，白米饭热乎乎的，是倪真刚才匆忙拿到茶水间去加热的成果。

她把饭送给他后就离开了。不过门还没关上，她身后突然又响起了他的声音："明天……"

倪真步子一停，听到他说："明天还有吗？"

她唇角愉悦地翘了翘："明天我可不加班呢。"

可事实上，第二天当周斯言开完会回到办公室时，却看到桌上摆着个比昨晚还大一号的饭盒。盒子底下有一张便笺：请学长好好吃饭，注意身体。

他心口一动，有什么比饭盒温度更高的东西密密麻麻地裹住了他的心脏。

转头，办公室外有纤细的倩影从窗棂间轻快地掠过，那是女子做完了某事后心情愉悦的模样。

周斯言拿起手机,给她发了条微信:谢谢。

倪真还没回到工位便收到了信息,指尖在手机屏幕上点了几下:领导给发伙食费吗?

周斯言:想要什么伙食费?

不是"多少伙食费",而是"什么伙食费"——什么伙食费啊。

她轻轻地笑了,几分钟后——

倪真回他:无价。

- 3 -

一名年轻女子的心确实无价,那是很多年后倪真再回忆起来时,依然会让唇角上扬的时光。

从那天起,两人之间就仿佛有了默契,每天,在下午五点五十分,都会有一个饭盒悄悄出现在他的办公室里。

那一天,是逸心的大股东——华盛的老总到茶厂视察的日子。华盛的老总姓华名盛,没错,那大企业就是以他自己的名字命名的。

其实对于华盛来说,逸心这样的茶厂不过就是他兴致来时的一项小投资,可对周斯言而言,华盛视察的意义却远不在此。华盛旗下有家销路很广的饮品公司,而胆大如斗的周斯言就计划着以这家小小的茶厂,和那家饮品公司达成长期合作。

周斯言和华盈陪着华盛参观完了整个工厂,在最后的关头,却因一份被员工送错的文件导致华盛拉下了脸。会议室里氛围凝重。

"抱歉华老,逸心平时的管理其实……"

周斯言的解释被截断在华盛难看的面色下,可就在这时,会议室的门被人敲了两下，倪真抱着份资料匆匆赶来："很抱歉华老，会议用的资料其实一早就被送到华经理的办公室里了……"

会议被打断，可华盛竟然没有众人想象中的不愉快。就在他的目光触及倪真焦急的面容时，他没来由地一怔。

然后，会议室里的氛围莫名改变了。

"华老，我们公司的管理一向很严格的，"倪真没错过这一刹那的机会，"所有员工都必须深入了解公司的新品，我只是一名实习生，如果您对我司的管理不放心的话，能否给我两分钟时间，听一听基层的实习生向您介绍公司的新品？"

在场的人谁也没想到，平日里藉藉无名的小实习生竟胆大至此，在公司生死存亡之际，跳出来扛这分分钟就能让她卷铺盖走人的担子。

可众人更想不到的是，华盛竟真的认真听完了这两分钟的介绍——整个过程中，他的目光都放在这名年轻的实习生身上，直到两分钟时间到了，直到两分钟过了，直到她流利地介绍完全部产品。

周斯言知道，这回稳了。

"看到她那表情没？得意得跟所有功劳都是她的似的，你说好端端的，文件怎么会拿错？没准就是她动的手。"

"我也觉得，晶晶平时再怎么糊涂，也不可能在华老视察时犯这种低级错误吧？再说她倪真，怎么就那么刚好捡到了对的文件？"

茶水间永远是流言最活跃的地方，倪真站在咖啡机前，听着拐角另一侧传来的窃窃私语。

她眉眼清冷，此时脸上早没了在周斯言面前时惯有的微笑，听闻自己的名字从他人口中说出来,她脸色变也未变,只是端了咖啡走出去:"借过。"

刚刚那几个嚼舌根的压根儿没发现她就在同一间房里,一时间几乎呆住了:"阿、阿真你在啊?我们就是随便聊聊……"

可让众人更意想不到的是,此时门口竟又传来了一道冰冷的声音,好听的"低音炮"里带着比隆冬更甚的冷意:"公司是你们随便聊天的地方?"

那是刚送走了华盛的周斯言。

一瞬间整个茶水间气氛紧张了起来,刚刚那几个嚼舌根的简直要懊恼死了:不过是在茶水间讨论两句,结果被当场抓包就算了,现在居然还招来了顶头上司!

"周、周总……"

周总的语气比倪真更冷静:"难怪华老会觉得我们的管理有问题,"他点点头,仿佛真觉得华盛说得有道理,"你们抓紧交接工作,找人事办离职手续吧,我这儿庙小,折腾不起!"

"周总!"倪真一惊,下意识就想拉住他的衣角。

可周斯言只是回头:"叫我什么?"

倪真话一顿,那素手忽而停在了空中。

"叫我什么?"他又问了一遍,脸上的不悦在扭头对上她时,突然裹上了点淡淡的纵容。

倪真突然就没声了。

叫他什么?学长吗?在那么多人面前,在……他刚刚替她出过头的时候?

那天的事很快就传遍全公司:原来公司里的实习生是小周总的

学妹，女孩子似乎颇得小周总重视，为着她那点儿自己都没反应的委屈，一下开除了两名员工。

"我小时候总幻想能遇到一个人，在困境前毫不犹豫地站在我身边，在流言面前对我说'倪真，我相信你'，很可笑是不是？真实的人间哪像偶像剧里呢？可今天我遇到了。"倪真的声音有点抖，不知道是激动还是感动，"学长，谢谢你让我遇到了。"

隆冬的傍晚有粉色的云霞，将深山中的茶厂裹得如梦如幻。倪真手中是冒着热气的红茶，弯着眼看他时，语气是从未有过的认真："学长，我的厨艺其实一点也不好吧？"

周斯言笑了。

她的厨艺和茶艺的确无法相比，尽管每天都变着花样给他带饭，可"色香味"从来也没有长进过。

不过尽管色香味从未长进过，他还是每天都认认真真地吃完了。饭菜从喉入胃，有不一样的满足感。

冷风徐徐吹过来，吹在她脸上，也吹在他脸上。

"学长为什么要在那么多人面前维护我？"

周斯言没回答，这问题太微妙，好像怎么回答答案都不会标准。倪真等了许久，周斯言却什么也没说，她在心里轻轻叹了口气，将最后一点热茶饮尽："我回去工作了。"

"倪真，"可走了几步，手还没推开办公室的门，身后的男人突然又出声，"华盈曾经说……"

她步子一停。

"华盈说，你喜欢我。"

从认识他的第一天起倪真就知道，这不是一个能轻易相信别人话的男人。比方华盈一定曾经在他面前说过自己很多坏话，比方华盈大概向他透露过自己对他的心思。可他从未轻信，只是在这个有粉色夕阳的傍晚，一切水到渠成时，开口："我突然想确认一下，她说的究竟是不是真的？"

他目光深沉，隔着不长不短的距离看着她。

倪真终于笑了起来："要不然，你以为我连着两个假期来逸心是为了什么？"

为了你啊，周斯言，就是为了你。

周斯言脸上有一闪而过的错愕，就像是想不到她竟然能如此轻易地坦白。

可愕然如浮光掠影，下一秒，他突然大步朝她走过来："其实我也有个事一直没有告诉你。"

"什么？"

她纤瘦的身子突然被一把拉过，被拉进某个高大而温暖的怀抱里。周斯言一只手扣住了她的后脑勺，垂头，吻向她眉心。

- 4 -

妈妈说她从前亲吻爸爸时，总喜欢亲他的眉心，那代表着无与伦比的珍视与欢愉。

于是后来倪真也总喜欢亲吻周斯言的眉心，在两人热恋的时候；在他热情渐退，有一天，他为了另一个女人对她撒谎的时候。

深更的电话还通着，周斯言疲惫的声音断断续续传来，倪真淌了一脸泪，看着手机屏幕上两人的合照。

她想说"其实今晚我也去了那家餐厅呢"，想说"其实我看到了你和华盈"。可她最终什么也没有说,只是问:"今晚见客户谈得还顺利吗?"

电话那端很长时间都没说话,到最后,只余下沉默的叹息。

他不是个擅长撒谎的人。

当年两人确认关系后,倪真原只想低调行事,可偏偏周斯言在众目睽睽之下牵了她的手:"今天不加班了,有个兄弟生日,走吧,陪我过去。"

周围所有人都在假装认真地工作,可其实所有人都在认真地偷窥两人交握着的手。

出了茶厂后倪真点点他胸口:"你很高调呀!"

"要不然呢?大家迟早都是会知道的。"

从这天起,逸心流传着各种八卦消息,什么样的传言都有。比方说老板和实习生竟谈起了恋爱;比方说自上回视察后,华盛便时不时出现在逸心,且每次都点名要倪真来作陪;再比如,华盈闹着要从逸心撤资。

其实最后一条完全是可以预见的后果,毕竟华小公主喜欢了周斯言那么久,为了他,公主甚至磨破了嘴皮请老爸注资,结果怎么追都没追到就算了,一个不留神,竟然还让他跟别人走到了一起。

那天周斯言破天荒地没上班,手机关机,人找不着,倪真担心他出事,便请了个假,下班时间还没到就赶到了他的公寓。

周斯言的公寓离茶厂近,但其实不算是周斯言真正的家,不过是他每天耗费太大心力在茶厂,实在懒得再开大半个小时车回市中心,而在附近租的一个住处。

公寓里头并不安静，阿真一靠近便听到门里传来压低的女声："那你就不能哄哄她？华盈那么喜欢你，只要你一句话，随便一句什么她都不会再提撤资……"

"可我有女朋友了！"此话一出，压低的女声顿停。周斯言控制着音量，又重复了一遍："妈，我有女朋友了。"

门内的压抑气氛让门外的人都喘不过气，倪真没想到自己这趟过来竟会听到这样的对话。屋子里头一片安静，许久之后，周妈妈的声音才凄凄传出来："那妈妈呢？妈妈费尽心思地和华夫人做朋友，这两年来疼着哄着盈盈，又是为了什么？"

"为了什么你自己清楚。"

"你！"

急促的脚步声迅速接近门口，倪真避之不及，只下意识地闪到了对门，低着头装作找钥匙。

摔门声响起，周妈妈出了门怒气冲冲地离开。不一会儿，倪真身后又有开门声响起，原准备追下去的周斯言在踏出家门时，一怔："阿真？"

"抱歉，我……不是故意偷听的。"

"我姓周，随父姓，可谁都知道我没有爸爸。"

"其实我是有爸爸的，至少七岁之前我一直有。只不过在我七岁时，我那创业屡次失败的爸在一个算命师的瞎指挥下离开了我们母子，原因是我和我爸八字不合，我的出生会导致他所有的事业都失败——可笑吧？世界上竟有这么荒唐的八字，而更荒唐的是，我爸他信了……"

那天他说了很多事，她听说过的，她没听说过的，那一些艰难的被谣言更改得面目全非的过往，一段段展现在她眼前。

原来周斯言真是本市某周姓企业家的儿子，不过不是私生子，而是离了婚的原配所生。

那一年，周父原想把他送给没有子女的亲戚，是周妈妈坚决不同意，最终两人离了婚。而更让人觉得荒唐的是，离婚之后他爸当真发了迹，一跃成为本市颇有名望的杰出企业家。而周妈妈和那被抛弃的周家儿子，在老周发了迹之后，开始沦为了流言蜚语攻击的对象。

"看，那算命师说得对，果然抛下了儿子老周就发家了。"

"看，算命师说得对，他就是克父。"

"对，算命师还说过，这孩子终将一生孤苦，注定克父克母一事无成。"

所以那么多年来他把自己逼到最努力，又用努力把自己打造成最优秀的样子——原来童年所有的伤口都要用一辈子的时间去修复，她是这样，他也是。

"所以，阿姨会希望你和华盈在一起？"

"可我做不到。不怕告诉你，阿真，在你之前我其实就试过了，可我没办法接受华盈，我不爱她，没办法接受她。"周斯言转过头，目光沉沉地望向窗外的天空。

许久许久，一只素手轻轻覆上了他的手背："可是，没关系的啊，周斯言，至少你遇上了我。我不怕被克，我也从小就没有爸爸，斯言，你所有的苦痛我都懂。真的，全部都懂。"

那一刻，似爱侣，似知己，是心和心最贴近的时刻。

找到知己，是许多人终生的追求。倪真觉得自己大概是太过幸运，二十出头的时候遇上这个人，便有了找到知己的感觉。于是一路紧紧握着他的手，一直走到了今天。

华盈最终还是没撤资，毕竟当初她拿钱投资求的是老子，这回再去求老子撤资时，华盛非但没同意，还直接来到了逸心，表示可以再追加投资。

年轻的小周总站在这位商业巨头面前，略显青涩却不卑不亢："如果华老为的是华盈，那大可不必，因为我已经有女朋友了。"

在旁边给两人倒咖啡的倪真手一抖，被周斯言眼疾手快地扶住了托盘："华老，这就是我的女朋友。"

言下之意即"我和华盈是不可能的，您别想太多了，再怎么追加投资我也不会是您女婿"。

两只手在办公场合牢牢地牵到了一起。华盛却是饶有兴味，看看他，再看看倪真："有骨气啊，小伙子。"

周斯言还以为他这话是反讽，接下来应该就是冷笑着离开。可结果，华盛却笑呵呵地继续点头："很好，这资我是注定了。"

第二天一早，华盛的秘书送来了文件："周总，这是我们华总追加投资的合同。"

逸心上下全松了口气，可周斯言看起来却不太高兴："我怎么觉得华老好像对你有什么意图？"

他回顾着华盛昨天的反应，再想想茶厂里上下流传的谣言，越想越不高兴。

"你胡说八道什么呢?"倪真哭笑不得,"乱吃醋!"

可他看上去特别不开心,一向沉稳的小周总吃起醋来简直跟孩子似的,臭着脸,不说话。

倪真瞟了眼四周,趁着四下无人,踮起脚,亲亲他的鼻尖:"这样开心点了没?"

"没。"

倪真又亲了一下:"这样呢?"

"一点点。"

她真是被逗乐了,干脆双手捧住他的脸,再扫一圈四周确定了无人,踮起脚,又重重亲了下去。

那是逸心顺利发展的第二年。那一年,华盛在早前注资的基础上又追加了双倍投资,占股百分之五十,成了逸心最大的股东。

华盈也不知是被她爸气的还是被周斯言气的,一怒之下出了国,去念那不知有没有用的MBA(工商管理硕士)。

逸心如常运营,周斯言不仅扩大了厂子,还成功拿下了华盛饮料厂的合作权。两年后,毕了业的倪真不出意外地回到了逸心。

不过这回不再是小实习生了,周斯言给倪真拨了间办公室,她自己也争气,那么年轻,一个team(团队)的担子压肩上,倪真却愣是将整个团队带得风生水起。

只是在周妈妈偶尔光临茶厂时,会有手下的员工提醒她:"倪总,周总的妈妈来了。"每到这时,倪真便无声地颔首,然后,从公共区域回到自己的办公室里。

逸心上下全都知道小周总的妈不喜欢倪真,倪真自己也知道。她一开始还会努力想在老太太面前留一个好印象，可次次拿热脸对着人家的冷屁股，对久了，后来也便能避就避了。

没有家长祝福的感情大概难以有未来，倪真每每忧虑，周斯言却不甚在意："老人再固执也固执不过年轻人，再挨个几年等你我年纪大了，她还得反过来为我们不结婚着急。"

他说得真好，想得也好，可谁也想不到的是，华盈会在这时候回来。

那时她和周斯言的感情其实已经很稳定了。两年多了，她陪着他从"小周总"一路成长为外界口中的"逸心的那位周总"，甚至就连当年抛妻弃子的周爸爸也动了和逸心合作的心。她陪着他将一家小茶厂扩大到今日的规模，早已经不是普通的爱侣。周斯言不擅表达，却在两人交往的第二个纪念日，在纪念蛋糕上写：一生知己。

是并肩前进的战友，是一生不换的知己。

可没想到第三个交往纪念日还没到，华盈带来的消息就打破了这一派岁月静好的格局。

彼时逸心再次扩张，周斯言想将产茶基地由闽南一带拓展到海外。倪真到东南亚走了一圈，多番考察后选定了斯里兰卡。为此她和周斯言潜心研究了一款最适合该地的重烘焙技术，可当华盈回国时，一个消息却直接中断了两人的计划——

技术泄露了，就在新技术研究出来没多久，几乎一模一样的新茶在华盛试验成功！

这根本就是不可能的事。新烘焙技术在逸心还处于保密阶段，能接触到的人并不多，能知晓核心技术的甚至就只有倪真和周斯言二人，华盛怎可能在那么短的时间里就研究出一款一模一样的新茶？

"所以华盛的技术哪儿来的,总不能是周总自己透露出去的吧?"会议室里气氛凝重,华盈就坐在倪真对面,当着周斯言和一群小股东的面咄咄逼人地质问着倪真。

倪真觉得这一切简直荒唐,明明是她和周斯言没日没夜研制出来的技术,她有病吗?会背叛自己背叛逸心?

"我以人格向各位保证,这事和我们团队里任何一个人都没关系。具体情况我稍后一定给各位一个交代!"当股东们全将怀疑的目光投到倪真身上时,她镇定地直起身说道。

我们团队。

我们团队其实只有二人,阿真和周斯言。

可这一回,永远站在她身旁的周斯言却没有说话。因为就在倪真起身发言时,一张照片被传到他的微信里。

嘀,有消息进来。

周斯言垂头,目光逐渐冰冷了下来。

"我让人去核实过了,华盛那边的新技术确实就是我们这里泄露出去的。在此之前华盛并没有任何关于该技术的研究小组。"

"怎么会这样?"倪真错愕地看着周斯言递过来的资料。

公寓里头一片安静,她的目光还紧盯在成沓的调查资料上时,身旁的男人又开口:"你向华盛那边透露过吗?"

"怎么可能?这可是你我的心血!"

"那……"那西郊的那两栋别墅,又是怎么回事?

他轻蔑地笑了,在倪真终于反应过来周斯言不是随口一提,震惊地将目光从资料上移过来时,他说:"有人告诉我,是你将技术泄露给华老的。"

"你信了？"

周斯言没再说话，只是沉默地看着她，仿佛想在这女人惊愕的面容上看到什么不一样的东西。

可最终他什么也没看到，只是无声地掉头，离开她的公寓。

"斯言——周斯言！"

门内女声长久地回荡在走廊里，可他步履不停，只一路走往地下停车库。直到打开车门，直到坐到驾驶座上，直到门全锁了，周斯言才点开手机。

那是昨天开会时被传到他手机里的照片——雨滂沱地下着，华盛一只手执着黑伞，一只手亲密地搭在了倪真的肩上。

附言：查出来了，倪真名下的两套别墅，全是华盛转给她的。

第二天周斯言没有去逸心。他关机一整夜，第二天不见踪影。电话不开，公寓没人，倪真在如何也联系不上他后，终于疲惫地往他微信里发了条信息：我无话可说。

我无话可说，不敢相信这事竟然会指向我。

更不敢相信，你竟然会不信我。

可说到底，周斯言不就是一个不轻易相信任何人的人吗？只不过那么久了，接近一千个日夜，她还以为自己会和别人有所不同。

周斯言几天没上班，倪真便就着这事连查了几天。隆冬渐渐来临，傍晚的夕阳又变成了粉红色。

真奇怪，这一带在最冷的时候，夕阳永远都是粉色的。

事情还查无头绪，倪真每天都被这事弄得筋疲力尽，可偏偏周斯言还是没踪影。

直到那一天——

依然是在天空呈现出美丽的淡粉色晚霞时,倪真在自己的公寓里,忽听外头门铃声大响,她趿拉着拖鞋跑过去开门时,看到了许久不见的他的身影。

那一刻她的心情可想而知,那么久了,真的已经太久了,原本杳无音讯的周斯言突然又出现在她面前。倪真怔怔地看着门口这张疲惫的面孔:"周……"

可不待她喊完,周斯言突然双臂一张,将她牢牢地锁入怀抱里:"我到斯里兰卡走了一趟,看中了康提边上的一座茶山,然后我在那里把专利注册了。阿真,现在就算是华盛拿着一模一样的技术,也不可能到斯里兰卡去生产和我们一样的产品了。"

一时之间倪真几乎没反应过来:他的意思是……

"所以你这几天杳无音讯,就是因为到斯里兰卡去看茶山了?"

"是,"周斯言点头,"所以现在事情过去了,阿真,一切都平息了。"

原来如此,倪真眼中突然聚起了浅浅的泪意,原来如此。

原来他消失的这几天,不是去查事,不是顾着怀疑她调查她,而是在有某些证据将她指认为泄密者之时,去往异乡,从源头上解决了整件事。

他不是那个对什么都不信任的周斯言了——不,应该说,在她面前,他已经是愿意相信很多事的周斯言了。

"所以我对你而言终究是不一样,对不对?就算我真的犯了错,你也会在我身后收拾一切的,对不对?"

周斯言没回答，只是更紧地抱住她。

事情仿佛平息，一切又回到了最初的样子。他们依然在一起，依然是最亲密的爱侣。

可不知为何，有什么东西似乎又不一样了。

周斯言开始变得特别忙，经常无缘无故就取消约会，经常加班。说好的一起看电影，却总会因他临时有客户而取消，情人节他有客户，他生日也有客户。

倪真以为他忙的就是斯里兰卡这个新项目，创业艰辛，更何况她的爱人本就是对自己这样严苛的男子。

直到这一天，在餐厅，在她生日的当晚，倪真见到了所谓的"客户"。

- 6 -

"今晚见客户谈得还顺利吗？"倪真打通了电话。

周斯言没有回答。

沉默在黑暗中蔓延，她原想说"其实今晚我也去了那家餐厅呢"，想说"其实我看到了你和华盈"，可她最终什么也没说，只是问："斯言，华盛拥有我们新技术的那次，你后面真的没再深入调查了吗？"

电话那端突然有声音响起，像是周斯言手中的打火机掉落在地。倪真可以想象得到这瞬间他脸上的惊愕，可她不动声色，只是柔声道："既然事情已经过去那么久了，没人再提的话，你还是把我调回这个项目组吧。斯言，你太累了，让我帮帮你。"

上次的调查不了了之后，她便不再插手斯里兰卡新项目的事，原因无他，只为避嫌。

结果这一避，导致周斯言工作量翻倍，许多原本有她加入就能轻松搞定的事，他得一次次地加班加点。说实话，周斯言确实还挺累。

倪真此话一出，第二天周斯言便把她调回了斯里兰卡的项目。从此倪真开始了和周斯言一起加班的生活。

好友约她吃饭约不到，约她美容也约不到，气得直戳她的脑门："倪真啊倪真，我说你，明明看到周斯言背着你和别人约会了，还这么给他做牛做马干什么？替他分忧解愁，帮他的公司创收，你以为这样就能让他回心转意了？"

成年人的爱情似流水，变道了就是变道了，哪还有什么千回百转、迂回重来的机会？

倪真没替自己解释，只淡淡道："毕竟逸心也算是我的心血。"

"那是他的，不是你的！你劳心劳力地给别人做嫁衣——哦，春蚕到死丝方尽，蜡炬成灰泪始干？自我感动得还挺可以的，是吧？"

就连助理也觉得倪真加班加得太狠了，有时周斯言都已经离开了，倪真还一个人留在办公室里，那拼命的样子，看得助理都暗自埋怨周总，怎么这么不体贴女朋友。

可转头再去看周总，不知为何，却又觉得周总这一阵似乎愈发地沉默。

几天后，逸心股东会如常召开。

自华盛成为逸心大股东后，股东会上最重要的位置永远是留给他的。不过让所有人吃惊的是，此次会议华盛没到场，反倒是倪真坐到了华盛常坐的位置上："几个月前逸心的新技术泄露，那时我说过要给公司上下一个交代，现在——"

助理将资料分到在座的每一位手上，同席的华盈在目光触及手头资料时大惊："倪真！"

倪真看也没看她一眼："如资料所言，华盛集团在那段时间里并无任何关于此项目的研发工作，是我司的华经理和华盛集团研发部的一位老员工多次接触，才将核心资料传给了他们。所以——"

倪真站起身，冷静的目光扫过满室的人，最终落到了华盈脸上："我现在以逸心大股东的身份提议，撤掉华盈小姐在逸心的所有职务。"

"你说什么！"

"大股东？"

一石激起千层浪，当众人还在为资料泄露的真相惊愕时，倪真一声"大股东"又给所有人献上了一次暴击。

全场唯一没反应的，只有坐在她对面的周斯言。

会议室里众声喧哗，只有周斯言沉默地看着她，目光那么深沉："华老把他的股份都转到你名下了。"

不是疑问，是肯定。

所有的喧哗声瞬间停止，所有人目光齐刷刷地投向她，震惊的、疑惑的、充满探究的。

许久，他们听到倪真沉静的声音——

"是。"

事情突然朝着不可思议的方向走，可一瞬之间，整个会议室的人又想起了之前公司里那些流言。

直到股东会结束，全场只剩他与她二人——他在长长的会议桌的尾部，她在头部，隔着一张桌子的距离，周斯言终于开口："这就是你的目的？"

不问"为什么华盛会把股权转给你"，不问"为什么你能买通华盛的人出来提供证据"，所有最直接最令人疑惑的问题他通通不问，于是倪真知道，他全都知道了。

大概从她突然提出要加入斯里兰卡新项目时，他便有了心理准备。

所以看着她这段时间劳心劳力，他一句话都不曾说。

已经出门的股东窃窃私语："难道这倪总当真和华老有点儿什么暧昧？那咱周总……"

可会议室里一片死寂，除了周斯言刚刚那一句"这就是你的目的"外，再也没有任何声音。

许久许久——

"那一年我曾经问你是否喜欢我，还记得你是怎么说的吗？"

那一年，在他说出"华盈说，你喜欢我"之时，在那片粉色的晚霞下，是她用最愉悦坦白的笑脸迎向他，说："要不然，你以为我连着两个假期来逸心是为了什么？"

为了什么？为了你呀，周斯言，她心里想，都是为了你。

可现实终究不似回忆那般美丽——

"其实你来逸心，并不是为了我吧？"周斯言还坐在那里，仿佛什么感觉也没有，可唇角却慢慢勾起，充满了讽刺意味，"是因为知道华盛投资了逸心，所以想借着这个平台让华盛看到你，是吗，倪真——或者我该说，华真？"

倪真重重合了一下眼：他都知道了。

"华盛其实不是什么陌生人,他之所以会对你另眼相看,会把名下的房产、股份,所有财产一点点转到你名下,是因为你是他的亲生女儿,是华盈的同父异母的亲姐姐,是吗?"

"既然都知道了,还问我做什么?"

发现他背着自己与华盈吃饭的那一夜,倪真挂了他的电话后,用家里的座机拨下了一串烂熟于心的号码:"爸爸,你说过这辈子不会再让我受到任何委屈了,还记得吗?"

而后第二天,她加入了斯里兰卡的项目组,每天那么忙那么累——不,并不全是为了把斯里兰卡的项目做到最完美,更重要的是,她要在逸心与华盛之间周旋,把华盈当初泄露新项目的机密资料却又将责任都推给她的证据全部掌握。

她要在下一场股东大会上给所有人一个惊喜。

她要在别人往她脸上扇了一巴掌后,重重地反击回去。

就像华盛曾经因为算命先生的一句话抛妻弃女——对,你以为那算命师只损毁过周斯言的人生?

不,不,那职业"毁命师",最擅长装神弄鬼,口出妄言,他曾经被周家的第三者收买,给周斯言下了"克父"的预言,也曾经以一模一样的姿态被华盈的母亲收买,蛊惑华盛离开倪真母女。从此倪真随了母姓,而华盛另娶,有了属于华家的另一段故事。

"周斯言,你所有的苦痛我都懂。"那天在听了周斯言的过往后,她曾用最温柔的语气对他说。

原来,是这个原因。

原来,彼此"殊途同归",竟是一样的命运。

可终究她和周斯言还是有什么东西不一样的,比如在这场同样被破坏过的人生里,他选择鞭笞自己,以最大的努力在所有人面前证明自己不是算命师口中"一事无成"的孩子,而她,选择从掠夺者手中夺回原属于自己的一切。

所以在得知华盈喜欢周斯言时,她接近周斯言;在得知华盛投资逸心的时候,她选择了进入逸心。

一步一步,其实全在倪真的计划里。

"我也只是你计划中的一部分,是吗?"周斯言藏在桌下的拳头渐渐地握紧。

这一个男人,从小受过那么多委屈,于是在成年之后严于律己,尽管对这世界有了深刻的怀疑,可在那么大的变故前,还是保持着属于他周斯言的克制。

倪真没有说话了,只是在低下头时,一颗泪迅速滴在了红木办公桌上。再抬头,她眼底微红,可此外再也没有任何不对劲:"你这阵子总背着我和华盈吃饭,就是为了查这些事吗?"

"果然,那晚你确实是看到我和她在一起了。"

"是啊,在我生日的那晚……"她牵了下唇角,从座椅上起身时,已经连眼底的红丝都不见,"华盈告诉你我的身世,华盈告诉你我进逸心就是为了拿回属于自己的一切,可华盈有没有告诉过你,一个女人为什么会喜欢上你?"

周斯言脸上没有任何表情。

倪真自嘲地一笑:"我加入逸心的目的一开始确实不单纯,可后来也是真的……"

后来也是真的,真的,那样认真地爱过你,爱到渴望与你牵手共度这一生。

我二十岁爱上的这个人，我想和他牵着手直到天荒地老——那年小红书大火，倪真在她的私人账号里这样写。

可如今工作太忙，杂事太多，她已经忘了那个曾许下心愿的账号。

"斯里兰卡的项目我来负责吧，几个茶山负责人我都联系过了，明天的飞机，大概过去两星期。这两星期里，"倪真顿了一顿，说，"周总可以选择对逸心重新洗牌，或是给自己放个长假，好好陪一陪阿姨。"

- 7 -

茶厂里头很安静，所有人仿佛都知道这个苗壮成长着的品牌刚刚经历了怎样的洗礼。

助理将资料拿进办公室："倪总，这是您要的资料。"

倪真接过，打开文件夹，平静地看着里头码得整整齐齐的照片。

照片是方才出现在股东会上的那一些：华盈在各隐秘场合里与华胜集团的员工沟通着斯里兰卡的项目。可不一样的是，此次的照片里多出一个人。

周斯言的妈妈。

倪真重重合了眼，整个人陷入办公座椅里。

助理是她一手提拔上来的，无论何时都对倪真忠心耿耿："倪总，您为什么不告诉周总……"

倪真朝她抬了抬手："别说了。"

告诉周斯言，然后呢？告诉他"周斯言，其实你妈才是真正和华盈一唱一和的人，这两个蠢女人为了把我从你身边赶走什么都敢做"？告诉他"其实我只是不想让真相暴露于人前，就怕一旦你妈妈被拉下水，股东们把你妈妈的事都算到你周斯言头上，你多年辛苦经营的一切便只能付诸东流"？

何必？

"小王，我是个商人，即使和周总分了手，我也只做对逸心有益的事。周总是个人才，我不想因为个人问题，让逸心失去这样的人才。"

"可你们俩呢？那么多年的感情……"小王知道自己不该操心领导的私事，可这么多年了，"倪总，你们只要把话说开，其实根本不需要分手的！"

倪真没有再说话，只是合起眼，将自己深深埋入柔软的皮质靠椅里。

突然之间便想起那一日，隆冬的傍晚出现粉红色的晚霞时，那个人风尘仆仆地来到她家门前，说："我到斯里兰卡把专利注册了。"

那时的她泪盈于睫，在心中一万遍告诉自己"他变了""阿真，他在你这里已经变成了另一个愿意相信一切的周斯言"。

可是，可是……

把话说开吗？她曾经也以为，自己已经把话说开了。

可终究还是太年轻了啊，年轻得那么轻易便相信了爱情。

- 终 -

斯里兰卡今日有雨，在这不太好的天色下，昨晚睡了个饱觉的倪真爽快地签下了合同。

她租下一座靠近康提的茶山，听着对方代表用带着浓重地方口音的英文说:"欢迎倪小姐,从这一刻起,这就是您随时可以回来的家。"

倪真翘起唇角,尽量学着这位热情的代表露出八颗牙:"真好,有家的感觉,真的很好。"

她曾经渴望过与周斯言共同组建的家,最终被大笔一挥签下的合约所取代,她最终,也算是给自己在异乡安了一个家。

下雨天的斯里兰卡雾气蒙蒙,也不知是有意还是无意,倪真竟再一次来到了昨天的佛牙寺。

昨天在此,她对着神明合掌许愿:"佛祖,今夜请让我安睡。"而今天再度来到此处,倪真微微顿足,终于也只是合起掌,说:"佛祖,请让我每夜都安睡。"

不求其他了,只求安睡。

可突来的手机铃声打断了她的愿望,倪真的"安睡"没说完,手机响了起来。她从包里拿出来一看:周斯言。

周斯言,在整整断了四天联系后,突然又来电的周斯言。

可她没有接,只是在这庄严肃穆的寺庙之前,静静看着屏幕上不断跳动的名字。

电话断了,很快又响起。断了第二次,又响起第三次。

终于在第三次的铃声即将断掉之时,倪真按下了接听键:"周总。"

电话那端的周斯言愣了愣,似乎还没法接受这样的称呼。许久之后,喟叹声从大洋彼岸传过来:"阿真,我都知道了。"

倪真没有再说话。

都知道了,所以呢?所以懊恼着一连打了好几通电话,所以突然想再听一听她的声音?

倪真轻轻地笑了，她面前就是斯里兰卡最大的寺庙，在诸佛的俯瞰之下，她的脑中一遍遍地闪过那个粉红色的傍晚，出现在她公寓门前的男人的脸。

"你知道吗？周斯言，来到斯里兰卡的第一天其实我等过你的电话的。那时候我想，有没有可能你突然发现自己舍不得我？有没有可能其实你也可以为了我奋不顾身地昏一次头？可你的电话是在得知一切后打来的。"

她叹了口气，抬头，望着阴霾的天空，继续道："周斯言，来斯里兰卡注册的那一次，其实你就已经查出真正的泄密者是谁了吧？"

所以他迫不及待地上斯里兰卡来注册专利，就是因为发现自己的妈妈竟也牵涉其中，而他别无选择，只能从根源上把这事解决。

"而那时我天真地以为，你是为了我。"

真是失败啊，这一场人生。她曾经爱了一个人三年，而这一个人，甚至都不曾为她奋不顾身过一次。

斯里兰卡的天空开始下起雨，一滴，两滴，忽然之间，大雨倾盆，砸下来时简直砸醒了一整个人间。

电话那端的周斯言还在说什么，可倪真已经不想听了。

她曾经在抵达此地的第一天不断思念着他的脸，斯里兰卡的雨下了一夜，她也在康提等了他一天。

一天之后，什么都过去了。

"你既然肯在所有人面前替我妈保密，那说明你心里还是向着我的。阿真，再给我一次机会……"

她摇着头，遗憾地笑了："不可能了，周斯言。"

真的，不可能了。

她曾经毫无保留地爱过这个人，可毕竟大家都是成年人了，决定放手的时候，即便是替他隐瞒真相，那也不过是权衡利弊后的结果。

"周总，你是很好的管理者，而我作为逸心的大股东，当然不希望你在公司里有什么污名。"

"阿真……"

"就这样吧，周总。"

"阿真！"

她挂了电话。

大雨滂沱，无边无际，整个世界里只有沸沸扬扬的雨声。可倪真的心里却突然安静了。

拿起纸巾擦干净手机，她将手机扔进包里。欲离开前，她又转身，对着庄严肃穆的佛牙寺。

"佛祖，今夜请让我安睡。"

这是来到斯里兰卡的第五天，倪真签好了合同，租下了茶山。

她在此地替自己安了一个家，她渴望安睡。

浮生有时

/ 楔子 /

江海市，须弥街三号，"无名"博物馆。

那女子着一身简单的白衫、牛仔裤，走到我面前时，周遭的空气似乎都随着她沙哑的嗓音而柔了几分。

"听说博物馆快经营不下去了，是吗？那么，我可不可以买下B3区的那一尊雕像？"她摊开手，整整十个袁大头银币就这么展现在我眼前。

保存完善，价值连城。

可我的兴致却不在价值连城的银币上——眼前的女子微微笑，古典美的面容里带着点我说不出来的熟悉感，以及与21世纪脱节的矜持——我的兴致在她身上："哦？这尊雕像虽说历史悠久，可在收藏界里从来没有引起过讨论，小姐确定想用总价值超百万的银币来换它？"

"是。"

"为什么？"

"因为……我是他的妻子。"

可事实上，那个"他"——那一尊雕像，至少已经三千岁。

其实咱守着这一室几百几千年的老物，魑魅魍魉，鬼神传说，有什么没见过？我挑起眉，很直接地问："小姐是人是鬼？"

"自然是人。"

"可……"

"轮回，你知道吗？"

- 1 -

"你知道吗？无名小姐，在这个世界上，有人无论投胎了多少次，也始终忘不了另一个人的名字。"

此因轮回。

B3区里只竖着一尊雕像，历尽沧桑的石雕粗糙地勾勒出男子刚毅的轮廓。原本在他身旁还有一尊女子石雕的，可自我有记忆起，她便一直被关在博物馆的修复室里。

那女子已经走到石雕前，静静地看着他的脸。许久，沙哑的嗓音才响起："你知道吗？这一世我已经活了二十二年，"她伸起手，抚上他的额、他的眉、他的眼，"二十二年了啊，呵……"

她已经活了二十二年，这一世。

在第二十二个年头，辛莱终于彻底相信：卫权司不记得了，他对这个叫"辛莱"的女子的全部认知，浅薄得如同初见那一年——

2013年，高中最后一学期，流感的阴影笼罩在校园上空。

班长在一阵咳嗽声中忍无可忍地站起来："老师，您让她去医院吧！现在是关键时期，全班都怕被传染！"整个班都看向了辛莱，眼中或有同情，或有抱歉，或有微微的厌恶。

辛莱努力压下了最后一声咳，在老师期待的目光下，离开了座位："虽然真的只是普通的咽炎，不过为了让大家放心，我还是去趟医务室吧。"

人情冷如斯，辛莱倒是"识时务者为俊杰"。

十五分钟后，班主任领着辛莱出现在了医务室。

医务室里头空荡荡的，只有一名年轻的医师在坐诊，那对看起来脾气不太好的眉微微蹙着，听到班主任的声音后，抬起头——

"卫医生，您看看这孩子……"

这一瞬间，辛莱僵在了那里——卫医生？卫……权司医生？

一个男人抬头的动作需要多久？不过一秒，不，半秒——半秒钟之内，辛莱的杏眼圆睁，一张原本平静的脸突然间如同翻过了山越过了海。

班主任还在说："您看您看，这孩子脸色多差……"可她一句也听不进去。眼前的男人五官俊美却看不出有多少善意，他有高高的鼻，他有略微凶狠的剑眉，他的唇薄得几近于性感，却永远只会紧抿着——从三千年前到三千年后。

是，离她第一次见他时，已经三千多年了，而他们最后一次分离却是在六十六年前——不，请别笑，也不要嗤之以鼻，她是认真的：六十六年里他们经历了死亡，经历了转世，经历了刀山与火海，到了这一世，重新相遇时，已经是公元2013年。

辛莱几乎不敢相信自己的眼睛："阿司？"

可男人没听到，只是蹙眉地听着班主任说话。

"阿司！"

他这才将目光转到了她身上，那双好看的剑眉蹙起："你认识我？"

辛莱心口一凉——不，不对劲了。

不对劲的是这一句"你认识我"，不对劲的是他方才抬头瞥过她时，目光里的不为所动——只是淡淡地瞥了她一眼，又移开，那眼神里没有一丝丝"他乡遇旧人"的欣喜。

男人给辛莱量体温时，她还在说："阿司，我是莱莱，你不记得了吗？我是莱莱，辛莱！"

他似乎认真地想了一下，可似乎又想不起来，只随意地点了一下头："你好，辛莱。"

她的手突然间发起抖来。

的确，辛莱没事，没发烧也没感冒，不过是天生咽喉有毛病，天一冷便要咳嗽，可她的表情看上去却比真的染上了流感还难看。

从未有过的见面模式给她带来了巨大的恐慌：阿司不记得她了，不过是一次轮回，三千多年来每一世都不曾忘记过她的阿司，竟认不出她了？

班主任的脸色更难看："没感冒？那这下可怎么办？全班同学都断定她染上了流感，我怕这孩子回教室会影响大家学习……"

卫权司眼一抬。

这人原本就长得有些凶，此时不冷不热的目光投到班主任脸上，便立竿见影地叫班主任消了音:"这位老师,'为人师表'这几个字该怎么写,想来您还不明白吧?"

班主任那一张老脸瞬时涨得通红。而同一时间,辛莱抬起头,晶莹的黑瞳里陡然染上了泪意。

是,就是这一句话啊——

民国十一年(1922年),她的家人被黎元洪杀害,就连学校里的老师也为了"表明立场"而一个个给她颜色瞧时,这个人就是用这么一句话来抨击那些老师:"连孔夫子都说有教无类,先生这么对一个女学生,'为人师表'这几个字该怎么写,想来您还不明白吧?"

那么相似的场景,不过是光阴又轮回了快一个世纪。

一个世纪之后,他仍愿挺身而出替她说话,可那一对宽大的肩,那一双温暖的手,却不再亲密地护到她身前。

班主任还为难着,倒是辛莱很懂事地开口:"其实我真的有点不舒服,卫医生,我可以留在这儿休息吗?"

卫权司只当她是乖学生,主动替老师解围,冷着脸点了点头。

只是一整天,这姑娘的眼都悄悄地定在他身上:在他替她量体温时,在他替她配药时,在他俯到办公桌上看书时……那双掺杂了太多感情的眼总悄悄地移到他身上。

可从头到尾,他也没有多看她一眼。

等到卫权司下班时,辛莱回教室收拾了书包,又悄悄跟在了他身后。

其实自己究竟是在做什么,她不知,只是下意识地害怕——是,很怕很怕。阿司,这一世我找了那么久,才终于找到这个人——他有你的名,有你的眼,可他想不起我的脸。

阿司,阿司,这到底……是为什么?

前方高大的身躯走着走着,不知怎的,突然就拐了个弯,不见了。辛莱走到那个拐口时才发现跟丢了,茫然地站在那儿。前后左右,东西南北,哪儿还有那道高大的身影?

"阿司?"

羊肠小道上只有她自己的声音。

"阿司?"

残阳如血,日居月诸,不变的轮回里似乎不会发生什么改变。

"阿司!"

"够了!鬼叫什么?"身后终于有熟悉的声音响起,她迅速转过身,红了眼眶。

迎面而来的男子看上去那么不耐烦,可她哪里还顾得上这冷脸,失而复得般地奔过去,失而复得般地揪住他的衣角:"阿司,你真的不记得我了吗?阿司,我是、我是……"

"莱莱,我知道,你是莱莱。"上一世、上上世,从今往前的每一世,哪次他能等到她念出自己的名字?每一个再生后重新相遇的时刻,他都能接过她的话,捧住她的脸,就像失散了多年的爱侣般珍重地轻吻她的唇:"我知道,你是辛莱,我卫权司上辈子、这辈子、下辈子,生生世世的妻子辛莱。"

而今,他站在她面前,冷漠的面孔上却没有丝毫关于"辛莱"的记忆。

"阿司,我是莱莱啊!"

可他蹙起眉,瞪着少女痛苦的面孔——那样深的绝望,那样沉痛的执着,真的就像是有什么曾发生在她与他之间。只是——

"抱歉，我真的不认识你。"

- 2 -

"所以说，你们曾经在每一场生死轮回后，都还记得对方的一切？"

"是，直到这一世。"

此时我已经知道，这尊年代久远的石雕正是商周时期的卫权司。可也是这时，我终于想到为什么这女子会给我种莫名其妙的熟悉感了——自我有记忆起便躺在修复室里的女雕像，那尊原本与男雕像一对的石雕，不就是眼前这女子吗？

是，夫妻，他们是结发夫妻。

辛莱说："每一世，我们都能准确无误地找到对方。就算在每次的转世里需经投生饿鬼道、畜生道，需要上刀山、下火海，我们也永远能在转世之后，准确无误地喊出对方的名字——直到这一世。"

那时的辛莱想不出这究竟是为什么，可她想，她不能放弃。

只是第二天再去医务室时，卫权司已经不在了。

值班的医生说："小卫啊？小卫不会来啦，他实习期到了，要回去念研究生啦——年纪轻轻的呢，就跟他爸一样有出息。"

"他爸？"

"咦，你不知道吗？小卫他爸就是老卫呀。"

"老卫？"

值班医生露出一个"这孩子真傻"的表情："你们卫校长啦，同学！"

原来上天在关门时，真的会好心地替你开一扇通风窗。

辛莱从不知道自己原来也有这么高的办事效率——三秒钟不到，电话已经拨到了爸爸那儿："爸，您不是和我们卫校长挺熟吗……"

同一年九月，辛莱考上了远在南方的A大。

而卫权司也在开学时到A大报到了——是，她就读于A大本科部，他就读于A大研究生院。一个刚踏入大学，一个去读研，同样学医。

辛爸在见到卫权司时语重心长地交代："阿司啊，这几年我们家莱莱就麻烦你啦。你这当哥哥的，照顾着妹妹点啊。"

想当年辛爸初调到那个检察院时，恰逢有人到检察院举报卫校长贪污，案件由辛爸主持调查，他秉公执法查明了真相，还了卫校长一个清白。卫校长因此保住了职位，更保住了声誉，所以辛检察官开口了，卫权司焉有不同意之理？

只是在见到辛莱时，阿司的表情简直是精彩：就像想起了什么，从错愕到尴尬，到不耐烦，诸多情绪轮番上演后，最终只化成了一句："是你？"

辛莱的心，瞬时间沉到了谷底，可终究还是笑了笑："上次很抱歉，我……"她顿了一下，"我们很久以前见过面的，可能你不记得了，我也没有表达清楚。"

是，她没有撒谎：他们好久好久以前就见过了，甚至相爱过的，只是他忘了。

卫权司是不怎么热情的人，尽管答应了辛爸要"照顾好妹妹"，可从来也不会主动跑过去嘘寒问暖。唯一能让彼此产生联系的，是她隔三岔五地致电——"阿司，今晚一起吃饭好吗？""阿司，我有一些医学上的问题不太明白,你能不能教教我?""阿司,《催眠大师》上映了,可晚上我一个人不敢去市区……"

他虽然不热情,却也没有拒绝过。

身边所有的人都说,这貌美的学妹在倒追他,但事实上真一起出来时,学妹的话却少之又少,只是像影子一样安静地跟在他身旁。

可这影子却默默地记下了他所有的喜恶:没有热汤时绝对不吃饭,打完篮球要喝冰镇矿泉水,白衬衫上有一点儿污渍都不会再穿。所以每一个周末,她都要到研究生宿舍里将他的白衬衫拿回去清洗。

卫权司拒绝过几次,她不听,每一次都说:"没关系,真的,我洗衣服很快的。"一次又一次,她总拿这个"快"字当借口,直到后来他不耐烦了:"你没关系,可我有关系!辛莱,你对我这么好,有没有考虑过我的感受?"

她愣了一下,又听到他说:"辛莱,你真的不是我的菜。"

刹那间,所有曾经自以为是的好,都变成了此时自作聪明的糟——是啊,她又不是不知道,这男子对旁人从来都是冷淡严肃的,要不是看在她爸爸的分上,他哪能一次次容忍她?

于是她只能尴尬地站在那儿,拿着白衬衫的手放也不是,不放也不是,最终讷讷地说了声"对不起",于仓皇中转身离去。

身后的男子还在说:"你们班那个张明亮,其实我看他对你挺好的。"

可辛莱就像脚底被无形火烫着了般,飞快地逃走了。

一路逃,一路揪着渐渐冷却的心口。月色和心口一样凉如水,罩着苍茫天地。直到此时,她才真的确定阿司已经不一样了。他还是从前的阿司,只是更加冷漠、更加薄情,不再爱着她了。

那天之后,辛莱再也没有主动联系过卫权司。

大学的生活平淡而无味,无味之中,几个月后学院里传出了某"禁欲系男神"看上了小一届学妹的消息。学妹模样好、学习好、家世好,千好万好唯一不好的是,那看上她的学长——姓卫名权司。

那阵子,恰逢徐峥的《港囧》上映,辛莱想起上回一同看《催眠大师》时阿司还赞过他演技好,于是买了票,打电话给他,说:"一起去看徐峥好不好?"

其实已经好久没聚了,她心中有千万个问题,比如"那女生真的很好吗",比如"你真的喜欢她吗",可见到卫权司后,千言万语皆化成了无声的微笑,一起坐到漆黑的电影院里,她才说:"听说这电影是喜剧。"

是喜剧,很好笑的喜剧,身旁的观众一个个捧腹大笑,只有他们俩——他似乎觉得电影挺无聊,而她呢?那笑原本已经浮上来了,可余光瞥到他冷然的表情,勾起的唇角又悄然落下。

"不好看吗?"

"还好,只是前两天和别人看过了,再看一遍,就不觉得有多好笑了。"

辛莱突然怔住了。

电影刚结束,走出影院时,大门口处人来人往。他似乎没察觉到自己说错了什么,只自顾自地往前走,走到红绿灯前,才发觉身边早没有了女子的身影:"辛莱,辛莱?"而她仍停在那一处,只觉得心一分分地凉了:别人?哪一位"别人"?

不远处突然响起了尖锐的刹车声——"天哪,撞死人啦!"卫权司一惊,红灯停,绿灯行,行人如潮水般往路的另一方涌去,他却突然转过身:"辛莱,辛莱?"

就像是想起了某种可能,他突然间转身,穿过相向而行的人群,穿过惊悚的尖叫,穿过三千年无声呐喊的光阴,看到了——

那被车撞飞出去的女生,穿着白衫和牛仔裤。

"辛莱!"他只觉得浑身的血液凝结了,瞪大的双眼被瞬间蔓延的血丝染红,"辛莱——"

然后,衣服的一角被人轻轻拉住:"阿司。"

那一瞬,他惊得蹿上了天的心,突然间落地。

"你以为被撞倒的人是我?"

"嗯。"

"你刚刚……是不是很担心?"

"废话!"

"阿司,你的眼睛红了。"

一句话说得看似无心,却一时之间让卫权司再也说不出话来——他也怔住了,不知是被她吓到,还是被自己的反应给吓到。

恍然间如同回到了上一世,民国二十一年(1932年),他们一同迁居到香港。正值时局动荡,有天他下了班回家,怎么都找不到辛莱的人影,又听邻居说"今天小区里来了批凶神恶煞的人,抓了好多人呢",卫权司一下子就急了,可冲出小区时,却看到她安安稳稳地提着一篮子菜回来。那时他又是喜又是气,一把冲过去,将满脸疑惑的她扯进了怀中:"你吓死我了!莱莱,吓死我了!"

那时的他,就和现在一样啊,那双瞪大的眼早已经被血丝染红了,没有哭,男子有什么好哭的?却是我剜心般地痛着,他说:"莱莱,你要真是不在了,我也不独活了。"

而结果，那一世的她只活了四十年。

她死后，第二天，他照常上班，下完班回家，吃了掺过大量安眠药的晚饭后，永远地，睡在了她身旁。

他说："莱莱，既然轮回重生的时间我们没办法控制，那么死，我们就死在一起。"

所以每一世，他们都无法一同生，却做到了一同死。三千多年，生生世世，轮回不止。

直到21世纪，公元2000年这一世。

辛莱还拉着他的衣角，拉到最后，他眼底的血丝渐渐地消退了，她才说："你那天说，我不是你的菜，可是我刚刚看你好担心……"

"你是辛叔的女儿，我能不担心吗？"

"可是……"

"够了！"他突然间不耐烦起来，"辛莱，别逼我再说那些难听的话。"

她揪着他衣角的手，终于松开了。

那晚的公交车空得史无前例，大抵刚发生过车祸，人心惶惶。一路上，她坐在车头，他坐在车尾，隔着空旷的车厢静默着。直到公交车快要到站时，两人走到了车后门，辛莱才开口："阿司，你相信轮回吗？"

他没多想："我相信科学。"

不过五个字，与前尘往事都断了关联。

从那以后，辛莱再也没有约过卫权司。校园这么小，可就是有那样的魔力，让两个没有缘分的人永不再相遇。

直到大半年后，下学期的某一天，辛家发生了一场灾难——辛爸出事了，被人用贪污受贿等罪名告了上去，尽管辛莱一个字都不信，可那段时间，她的生活还是被各种报道搅乱了。

遇到卫权司的那次，她为了绕开守在校外的记者，选择了学校后门的小路出去。迎面而来的男子风度依旧，可她却一路小跑，慌得差点儿撞上去。直到卫权司喊住她："做什么，慌慌张张的？"

辛莱愣了一下，听出了他的声音。

沉默，不知所措的沉默。

可沉默不了多久，便被他猜到了她这么做的原因，问道："有人在跟踪你？"

她不知道该说什么，只机械地点了下头。这一点，让男人那对浓密的眉又蹙了起来。

"见鬼了。"他略思索片刻就下了决定，"你回去收拾一下东西，待会儿我来载你。辛莱，这段时间你就住到我那边。"

多么尴尬的场景。原来他已经搬到了校外，原来三室一厅的房子里还住了另一名女子—— "孤男寡女的，我怕你不方便，刚好，让纯言陪陪你。"他说。

可辛莱看着那女子，明明是早就在此定居了的样子，哪里是"来陪她"的呢？

只是那李纯言，活泼开朗，人美心善，卫权司一说"我辛叔的女儿"，她便将辛莱当成了远房妹妹来照料，每天拉着辛莱说话，吃饭的时候每次都多给辛莱做一份，甚至就连生日时，也热情地拉着辛莱去参加她的生日聚会。

聚会地点就选在他们居住的小区附近的KTV里，里面灯红酒绿，来庆生的大多是李纯言研究生部的同学。那一晚，卫权司大抵考虑到辛莱不认识其他人，便一直坐在她身边。

只是不说话——自那次在公交车站不欢而散后，他已经很少再同她说话了。整个包间里"群魔乱舞"，也不知过了多久，辛莱才拉了拉他的衣袖："你去和同学玩吧，我唱歌了。"

你尝试过和你爱的人坐在一起，却绞尽脑汁也不知能同他说一句什么话吗？咫尺天涯，原来是这样寂寞到尴尬的事。

她选择了让他离开，她选择了自己待着，她选了一首粤语歌："青春仿佛因我爱你开始，但却令我看破爱这个字……"

满场皆是欢声和笑语，只有她心里承载着那么多哀伤："自你患上失忆，便是我扭转命数的事……"嗓音美好，咬字清晰。

身旁开始有人静了下来，渐渐地，有人放下了色子，专注地听起了这首歌。更甚者，还有人推着身边的朋友说："你看看那孩子，唱得多动情！"

被推的人就是刚摇过了一局色子的卫权司。那晚回家后，阿司很难得地开口："没想到你粤语这么好。"

从三千年前到三千年后，这人都是这一副样子，那张石雕般的嘴里难得能吐出一句好话。李纯言已经醉倒在房里了，卫权司也喝了不少酒，辛莱将热腾腾的清茶倒进杯子里："难得能从你嘴里听到一句表扬。"

"哦？我没表扬过你吗？"

"你说呢？"

他还真蹙眉仔细想了一会儿，才点头："好像是没有。"话说完，正抬手想揉一揉被酒气冲晕了的头，辛莱已经端了热茶过来：

"别揉了,喝杯茶就没事。你呀,老是这样……"

他呀,老是这样——明明很讨厌喝酒的,可每回聚会时为了不扫大家的兴,总要大方地"牺牲"自己。

记得唐太宗在位的那一世,薛延陀(中国北方古代民族,亦为汗国名)降服于大唐,朝中大臣屡设酒宴。他卫大人几乎一整个月都周旋在这位将军、那位王爷的家宴里,每晚都是她,掐着点为他煮上一杯热腾腾的清茶,待他归家后,喝一杯,才好入睡。

可蜀王设宴的那一晚,卫权司却破天荒地早归了。那时宴会才刚开始吧,他就醉醺醺地被人抬了回来。辛莱在外人面前不好说他什么,只能自己跟自己生气:这家伙,酒品可真是越来越"好"了,这回竟连一炷香的时间还不到就把自己灌成这样!

可待屏退了下人,她将沉得要命的卫大人扶到床上后,这家伙却突然睁开眼,那脸上哪还有半丝醉意?

辛莱错愕:"你……装醉?"

"可不是。"

"为什么?"

"还能为什么?不装醉,能这么早回家抱卫夫人吗?"

"……"简直是"无语问苍天"!

可无语了几秒后,她卫夫人想了想,又偷偷地笑了,软着声哄:"我去给大人煮杯热茶……"话还没说完呢,她家大人已经手一伸,将她拉到怀里,温热的薄唇随即覆上来:"还煮什么茶?"

是啊,还煮什么茶?到底是,夫妻恩爱,伉俪情深,早已经不需要茶香来画蛇添足。

想到这儿,她微微地笑了,直到耳旁传来熟悉的声音——

"辛莱？"

"嗯？"

"茶喝完了。"

她猝然惊醒！

黄粱美梦做不到几分钟，竟被打碎了：21世纪了，辛莱，现在已经是21世纪！哪里还有那大唐盛世，哪里还有温存的卫权司！

她怔怔地看着眼前这张英俊的脸，回忆与现实之间竟隔了三千年沧桑变迁——那一年，是谁说"不求长生不老，只求世世记得吾妻辛莱，生生世世不相忘"？是谁对着佛祖许诺"只要世世同心，愿遭六道轮回之苦而无怨"？是谁？

"阿司，"她突然之间竟失态地抓住了他的手。喝了茶后神志渐清的男子听出了她的急切，她说："阿司，你知道为什么我粤语那么好吗？"

一张年代久远的照片被她从贴身的钱包里找出来，逼到了他眼前。辛莱握着照片的手紧张得发抖，那照片也颤巍巍地打着抖："你看到了吗？这上面的人，阿司，你看清楚这上面的人！"

一男一女，穿着民国时期最常见的服装，他穿着中山装，她穿着绲边旗袍。那样熟悉又般配的两张脸——"民国二十一年，东北时局动荡，所以这对夫妇逃到了香港，整整生活了十六年！他叫卫权司，她叫辛莱——阿司，你说我粤语能不好吗？上一世，我们在香港住了整整十六年呀！"

而那照片背后，有人工工整整地写下了：民国二十一年，卫权司伉俪摄于香港维多利亚港。

那是……卫权司的笔迹。

大厅里凝着如死的沉默,有那么一瞬,他冷静的表情突然崩裂了,坏脾气的眉毛拧得死紧死紧,可很快又平静了下来:"听着,辛莱,我很抱歉,"他双手郑重地搭到了她肩上,"我知道辛叔的事对你打击很大,抱歉我没有照顾好你的心情。"

"阿司……"

"可你要相信我,辛叔是无辜的,一定有沉冤得雪的一天,你不要压力这么大。"

"阿司……"他在说什么?

他说:"我爸那边已经在想办法帮辛叔了。可是辛莱,明天,明天我们先到尹医生那儿去一趟。"

- 3 -

"尹医生是谁?"

"阿司的一位朋友,当心理医生的。"

"他以为你……"

"有病。"

呵,荒唐,多么荒唐!竖立在我身边的石雕卫大人,一动不动地沉寂了三千年的卫大人,你听到卫夫人的呼声了吗?

辛莱说:"从那天起,我再也不曾同他提起过轮回的事。"

"可你不觉得奇怪吗?转了那么多世,每一次他都记得你,为什么唯独这一次……"

辛莱没有说话了,只将脸埋在手掌间,沉默着,用尽全力地沉默着——

然后,她哭了。

她不知轮回究竟发生了什么问题，我曾问过她："生死轮回，自有天数，每个人死后都会喝孟婆汤忘掉前世，可为什么你们能记得住彼此？"辛莱其实也不是很清楚，只记得两人初遇的那一世，殷商时期，阿司协助武王讨伐纣王，后来诸位功臣封位封神时，他不想封神也不求官职，只说："不求长生不老，只求世世记得吾妻辛莱，生生世世不相忘。"

从那时，到如今，三千多年，数十世，每一世他都刻骨铭心地记着她的名字。

"那你呢？他能记得你，因为他是盖世英雄，他功德圆满，那……为什么你也记得他？"

辛莱不知道。她只知，即使她再怎么记得，这一世的阿司，也已经不是她的了。

三人同住在一个屋檐下，有那么多次，她在半夜醒来，起身到外面喝水时，在黑黢黢的大厅里看到他摆在李纯言门口的拖鞋。

初冬的风从窗缝里冷飕飕地钻进来，不经意地，便缠上了人的脚、人的手、人的心。

"玉枕纱厨，半夜凉初透。"

自照片事件后，她开始越来越早地出门，越来越晚地归家。

有回辛莱六点多收拾完准备去学校时，就撞上了从房里出来的卫权司。他问："这么早！吃早饭了吗？"

"约了同学一起吃。"她目光微垂，刻意回避着房门缝里透出的旖旎风光。

可饶是再回避，房门也很快就被人拉开了。李纯言大大方方地出来透气，抱着男友的腰："你瞎操心什么？人家莱莱朋友多着呢！莱莱你自己说，昨天在学校附近那咖啡馆等你的是不是张明亮呀？那小子对你可真好！"

辛莱只是笑笑。那一晚，她依旧晚归，却晚归得破了天荒——深夜十二点，卫权司的脸在灯光下越来越沉，最终沉不住气地拉开门准备出去找她时，在门口看到了辛莱疲惫的脸。

如霜的月光披在她身上，满天繁星在走廊的窗外熠熠发光。她站在门外阴暗的过道里，他站在明亮的灯光下，隔着一扇门，隔了三千年无声的光阴。

她眼神里有些陌生的疲倦和哀伤，恍若间，仿佛看到了三千年前的阿司。那时的他，性子明明是冷傲的，可一来到她面前，便只剩下了温柔缱绻。

可21世纪的卫权司不再温柔了，看那双坏脾气的眉拢得多紧："你怎么回事？十二点了，见鬼了，电话打不通，人没个影……"

迎面而来的怒骂震得她脑袋微蒙，拿起手机后，才发现不知什么时候已经没电了。

"说啊，到底在闹什么？"

辛莱静静地站在那儿，什么也没说，只等着他激愤的怒火消退后，才说："对不起，以后……再也不会了。"

是，以后再也不会了——第二天一早，卫权司刚走到餐桌旁就骂了句脏话，转身踹开辛莱的房门——里头全空了。

餐桌上，辛莱的字端端正正地排在便笺上：阿司，最近课业太忙，常常早出晚归的，不方便，我还是搬回学校住了。

卫权司快要气笑了：学校宿舍那么紧张，她搬出来时辅导员就安排别人住进去了，这会儿还能有床位吗？

他当晚就在学校附近的日租房里揪出了辛莱——在那龙蛇混杂的破出租房里,他一走进去,就看到辛莱隔壁屋的男生将一袋垃圾扔出来,那里头——空方便面盒、破袜子、发臭的衣服——这都是些什么鬼东西!

怒火直直地往脑门上蹿,他一进房就拉过辛莱:"你立刻、马上给我滚回去!"那样的凶神恶煞,那样的气急败坏。

可辛莱还沉浸在乍见到他时的惊喜中,她还没反应过来:"为、为什么?"

"为什么?你闹了那么久别扭,还特意搬到这种破地方,不就是想要我内疚吗?"

他以为这是她的苦肉计,李纯言也以为这是她的苦肉计。辛莱搬回去的那一天,趁着卫权司不在,李纯言冷冷地瞪住她:"我就说你这人不简单,呵,真的那么不知羞耻吗?想尽办法横在我们之间!"

曾经的友好消失不再。她说:"你知道自己这种行为叫什么吗?知三当三!"

辛莱微微地发起抖来。

那天卫权司回来时,李纯言已经到研究生院去了,整个公寓里弥漫着浓烈的酒香——辛莱做了盆醉闷鸡,见他回来,柔声招呼道:"快来尝尝,你一定会喜欢的。"

果然阿司很喜欢,吃出兴味时,甚至拿出了很少喝的酒来下菜。

辛莱却不怎么动筷子,只微笑着看他满意的表情,从前哪,只要她做这一盆菜,他定会拿出酒来下菜。下着下着,软玉温香抱满怀,不需太多酒,人便醉了。

此时他发红的眼里渐渐地溢出了些醉意,辛莱问:"阿司,好吃吗？"

他说："好吃。"

辛莱问："阿司，是否觉得这一幕似曾相识？"

他说："嗯，似曾相识。"

她眼里冒出了泪光来，可醉酒的男人像是雾里看花，怎么也看不清了。

四个小时的焖烤，二百四十分钟寸步不离的看守，为的不过是等这一刻的他蹙眉，闭眼，失去意识。然后她啊，小心翼翼地挪过去，再挪过去，挪到那么接近他刚毅的面孔时，俯下身，闭起眼，轻轻地吻了下去。

身后将有波涛汹涌与长途跌宕，有千山路与万重江，有无休无止的谩骂与争执，那都是这一吻之后的事了。

大门"砰"的一声被人推开，随后，是李纯言撕心裂肺的哭声："卫权司！"

她沉沉地，闭起了眼睛。

- 4 -

"那么巧？就在你吻他的那一刻？"

"我设计的。"

"你……"

辛莱微微地笑了一下，不说话了。

辛莱不蠢，她当然不会以为卫权司能为了这一吻而和李纯言分手。一阵惊天动地的哭喊后，她被已经清醒的卫权司拽过去：

"道歉!"

那样怒不可遏的表情,那样斩钉截铁的声音。

她突然之间就想起了宋朝那一世:年轻的公主倾心于阿司,但碍于他已有心上人,只好屡次通过旁门左道来和他制造暧昧,甚至在他某次赴宴时,趁着他醉酒昏睡,偷偷吻上了他的唇。

那时的阿司多愤怒哪,一双眼凶得就要喷出火来,手一抬,差点儿就要甩上公主的脸。

可如今他在她面前,双眼喷火,那只手……那只手也几乎要落到她脸上——那是被不爱的人轻薄后的愤怒神色——古时的公主,现时的她。

辛莱摇着头,一点一点地,挣脱了他的手:"忘了,你真的全忘了……"

"疯言疯语,快道歉!"

她却还是摇着头,失神的眼那么努力地想看清这张熟悉了三千年的脸:"是你说过你我夫妻生生世世不相忘的啊,明明是你说的,可你怎么就忘了……"

公寓里突然之间一片安静,卫权司和李纯言,那两人像是被吓到了,满室只余下她疑惑的声音:"轮回究竟是什么呢?"

她轻声问:"那一次次在天、地、人、畜间转换,那一次又一次地上刀山下火海,死一百遍都只为了守一个诺言,又算是什么呢?"

卫权司和李纯言就像是被谁点了穴,愣在那儿,震惊地、深觉荒谬地看着她。

她终于还是笑了:看,他们多么震惊,他们拿看疯子的目光看着她!那么,她还能再说什么呢?明明是一样的脸、一样的名,可他不记得了,他以为她疯了。

"既然如此,"她一步一步地后退,再后退,说,"那就……当我疯了吧。"

疯了的辛莱再也没有出现在卫权司的公寓里,一周后,她找到了无名博物馆,找上了我。

"无名小姐,如果十个袁大头还不够,我可以再找出其他古币,请你把阿司的雕像卖给我。"

"你想做什么呢?"

"我想带他走。"

我没有收辛莱的钱,尽管无名的确挺缺钱。可当我一通电话挂到文物鉴定专家那儿,想问问石雕的价值时,专家说:"给她吧。"

不是"卖",是给。

我诧异:"为什么?"

"你来一趟修复室便知。"

辛莱的雕像就躺在修复室,那一尊有着古典美面容的雕像,因整个后背被火烧得黑秃秃而难以修复,所以她一直躺在这里——自我有记忆起,便躺在这里。可今日专家问我:"你知道她是怎么烧成这样的吗?就是在前世轮回时,在火海中造成的。"

"啊?"

"你难道没发现辛莱的咽喉不正常吗?"

是,辛莱的咽喉不正常,声音沙哑——我曾听说气数不够的魂在下火海时,是可能被火烧伤喉咙、灼伤皮肤的,可……辛莱气数不够吗?

专家看我一眼:"生死轮回,自有天数,你忘了吗?"

怎可能忘？生死轮回，自有天数，凡向天数提出异议者，皆需对历史有重大贡献——所以那时我问过辛莱，为什么她明明说不上对历史有多大的贡献，却还是成为轮回中的例外，能记住阿司的脸。

"就因为她对历史分明没有太大的贡献，却仍记得卫权司，所以作为交换条件，她每转一世，在六道中所受的折磨便重一层，转世后阳寿便短一截，直到气数全尽，永世不得超生。"

我一惊：永世不得超生？

"那、那卫权司呢？我记得气数是可以渡的啊，卫权司建了那么大的功，就不能把气数渡一些给辛莱吗？他……"

"他渡了。"

我顿了一下，以为自己听错了，然后专家又说："他把气数都渡尽了——全尽了。"

"什么意思？"

"无名，他只能活到下个月。"

我浑身冰冷。

其实守着这一室几百几千年的老物，魑魅魍魉，鬼神传说，我有什么没见过？可这一刻，我浑身冰冷，只因专家说："其实在上一次轮回中，辛莱就已经用尽气数了，可卫权司强行将自己的气数渡给她，为了将她的魂魄留住，他透支了所有的气数，所以无名，他再也不可能记得辛莱是谁，甚至这一世，他只有二十七年可以活——无名，下个月，就是他二十七岁的生日。"

"那、那生日之后呢？"

"魂飞魄散，永不超生。"

我的心凉了。

- 终 -

辛莱还在B3区等我,与她的阿司并排站着,就像在这儿等了一辈子:"无名小姐,专家怎么说呢?"

"他说,送给你。"

"嗯?"她微微错愕,"为什么?"

为什么?我说不出口。

从修复室出来的一路上,那男子的面容一直盘桓在我脑海里。在1983年的刀山火海前,他竭尽全力扣住妻子的最后一缕魂魄,他说"她上一世就只活了四十岁",他说"她命途坎坷遭尽了轮回的报应",他说"世世不相忘明明是我提出来的,可为什么受尽磨难的却是她",他说"够了!让我来替她——替她忘记,替她死"。

"可是你记着,下一世别再让我爱上她。我只有二十七年可活,她那么死心眼,一旦相爱了,一定会随我去的,所以,千万、千万别让我爱上她,千万!"

然后,他一缕一缕地,将身上的气数全数渡到她身上,一缕一缕,抽出了自己的记忆。

再然后,他忘了她。

浮世轮回,生生不息。下一世,他早她五年出生,可最终还是被辛莱找到了。对着这个已经失忆了的男人,她努力挽回,她积极地倒追,她在穷途中苦苦地挣扎,她多么像一场笑话。

可这一些,他全都不知道了。

辛莱还在等我的回答,夕阳西下,余晖透过窗棂落在她消瘦的面孔上,那么温柔。

我说:"因为他原本就是你的啊。"

她温柔地笑了:"是啊,不管记不记得,他一开始就是我的阿司啊。"

然后她抬起眼,看着面前这尊已经属于她的高大的石像。

还记得不记得,最初相遇的那一次,你在一帮难民手中救下了我,你帮我将包袱夺回,你送我回家——

"承蒙公子相救,小女子辛莱,敢问公子尊名?"

"阿司。"

那是公元前1046年,青天朗朗,日光明媚,英俊的男子对让他一见钟情的少女说:"你可以叫我阿司。"

那时的他,敛去了身上一贯的冷傲,就怕吓到这温柔的少女,所以他也好温柔地对她伸出手,好温柔地说:"可以叫你莱莱吗?"

缘分如此的神奇,就在那一天,我遇到了你,于是此后的每一生里,全是你。

"阿司,"她将头靠在石雕坚实的肩上,轻轻地,抚他的眉,抚他的眼,"阿司。"

十年知舟

楔子

别开灯,黑暗之门引来圣者。
——北岛《忠诚》

- 1 -

江海市,须弥街三号,"无名"博物馆。

那女子一走进无名,我就认出了她是最近江海市的名人许知书——女强人,一手创办了"知舟文化",最美、最年轻的上市公司董事长。你看她那气派:年不过二十八,正是寻常女子芳华最盛、娇气未褪尽的年纪,可在她身上,你几乎捕捉不到一丝女子贯有的娇气。优雅、矜持,带着淡淡的骄傲——这是所有人眼中的许知书。

走到前台,知书礼貌地朝我一颔首后,便开口:"无名小姐,外婆在过世前曾将毕生收藏的古物都捐给了贵博物馆，其中有一个2005年出产的MP3（音乐播放器），您可以返还给我吗？"

那个MP3我知道，可它并不是古物，所以自接收了许老太的遗物后，我便将它留在了收藏室里："也许需要一些时间来找。"

她藏在纤长睫毛下的眼皮微微地眨了一下，似有无奈在眼中一闪而过："有劳了，找到后请务必打电话给我。"

声音温和，矜持，进退有礼。直到她走出了无名，我才发现许知书将手包落在了前台桌上。

"许小姐！"我迅速追出去，正好她走到了无名的最后一级台阶上。午后阳光猛烈地射过来，一时间，女子闭目落泪的画面被照得宛若画卷。

我停下了脚步，不再上前。

2017年2月，江海市市民茶余饭后最热衷于讨论的事件有三。

第一，微博上不知哪个好事的晒出了一张詹妮弗·安妮斯顿与安吉丽娜·朱莉的合影，并配文曰："Why not（为何不呢）？"此照片被戏称为"世纪大和解"。

第二，初出茅庐的"小花"庄子清晒出了一张与情敌握手的照片，同样配文曰："Why not？"照片一出，外界一片哗然，堪称江海市的"世纪大和解"——不，不是因为庄子清有多火，而是因她的情敌正是江海市大名鼎鼎的许知书。

第三，那个叫"无名博物馆"的大V（个人认证且粉丝众多的微博用户）在微博上发起了一个活动：写下你的电话和想听的歌，或许，今夜就会有人打电话唱给你。

那一晚，知书刷到这条微博时，并没有留下电话，只是在微博评论区写了一个歌名。

当夜十一时,她的手机屏幕上亮起了叶知舟的名字。简单而温暖的名字:知舟。

知舟,知舟——知舟的电话是否接听?

她接听了,对方却没有说话。沉默延续了一分钟,那叫"知舟"的男子才清了清喉,低沉的嗓音传过来:"我的小时候,吵闹任性的时候,我的外婆总会唱歌哄我……"

低沉,富有磁性,如泣如诉。

一曲终了时,知书仍紧紧地握着手机,那双已经习惯不再流泪的眼,空洞洞地望着窗外的明月。许久她才道:"还记得你第一次给我唱这首歌的场景吗?"

"嗯。"对方的声音依旧低沉而富有磁性。

她轻轻吸了一口气,说:"叶知舟,我们分手吧。"

- 2 -

再也没有人会记得那一年了。一切都荒诞不经的十八岁,人们还在用诺基亚手机、MP3,紧张忙碌的高三学子在学习之余,偶尔听一听收音机。

那晚的《城市之声》播到最后,主持人放进了一个温暖的请求:"有一位高考生的外婆突然入院,情况很危急,她很想听一听外婆在清醒时常给她唱的一首歌,哪位热心市民会唱《天黑黑》呢?请打138×××××××××……"

高考生许知书在手机旁只等了三分钟,屏幕上便亮起了一个从未亮起过的名字。她接起电话,对方也没说是谁,只有一道低沉的嗓音传入她的耳中。

那是孙燕姿版的《天黑黑》——不,不是外婆用闽南古语给她唱的那一首,可每一个字,每一个唱音,却都那么契合当时的心情。打电话过来的人清唱着:"我的小时候,吵闹任性的时候,我的外婆总会唱歌哄我……"

知书握着电话的手渐渐紧得发白,如鲠在喉。磁性的嗓音在那边停下后,她还是没有开口,直到对方说:"以前我也给别人唱过这首歌,不过后来她不需要我唱了。"

淡淡的声音,带着淡淡的落寞。原来,一曲已经结束了。

知书的手有一些发抖,直到对方要挂电话了,她才使劲冲破喉头的那道鲠:"你是……叶知舟吗?"

诺基亚的屏幕上亮起的三个黑体字,端端正正地展示着叶知舟的名。

他怔了一下,然后,听到她说:"我是许知书。"

声音温和,矜持,进退有礼,他觉得她一点儿也不像一个十八岁的少女。

叶知舟与许知书,高三年级里最特殊的两个存在。他是成绩中上不爱说话的男生,在旁人换着花样背书包时,他身上永远背着一架叫不出牌子的相机;她是成绩永远将第二名甩出一条街的"年级第一",同样不爱说话,脸上罩着淡淡的矜持。

他们都很怪,人缘都很差,可不知为什么,许知书的手机里存着叶知舟的电话号码。

第二天两个人在学校里相遇时,场面也不过如往常。叶知舟就像是什么也没发生过一般,从她身旁走过。昨夜为她唱歌的男生呢?不见了。

其后一整个学期,两人始终如数学老师画在黑板上的平行线,没有交集。

直到下一个学期。

高考逼得很近很近的某一个夜晚,众人都埋头做着练习题时,知书突然走到了叶知舟身旁:"还能再唱一次吗?"

没头没尾的一句话,压根儿没人知道她在说什么,可他却明白。"在这里?"

知书摇头。"医院,好不好?"

好不好?好不好?许知书说"好不好",就像女王垂下高傲的头颅,谁忍心拒绝?

一路上,她断断续续地解释:"外婆一直呈半植物人状态……有天我给她唱了那首歌,她的手指好像动了……可我是音痴,一个人唱不完一整首……叶知舟,你帮帮我,好不好?"

"好。"

医院与学校离得那么远,两人几乎穿越了大半座城,才到达。

可走到病房外,知书却突然停住了脚——向来只有看护陪着外婆的病房里,今晚不知怎的,竟挤了好多人:妈妈、舅舅、小姨,五六个人将小小的病房围得密不透风。

他们一挨近,就听到许妈妈震怒的声音:"不行!'许氏'一直都是我在管,凭什么割那么多股份给你们?"

"可我们也是许家的一分子啊!"

"你们管过事吗?妈之前都说过了,她老人家过世后'许氏'归我管……"

"有遗嘱吗？有吗？！"

遗嘱？呵，虚弱的老人躺在众人中央，身旁全是亲生子女，热闹喧哗，可他们讨论的，是未逝老人的遗嘱。

病房门"砰"的一声被推开了，门口的女子走进来，冷峻的目光镇得满室男女统统心中一凛。

不过是十八岁的少女啊，眼中怎会有那么冰冷的蔑视？知舟抬起头，就听到她说："医生说外婆虽然不能动，可你们在吵什么，她全都听得到！"

那是第一次，叶知舟在她身上看到那么骇人的神色，呈现在白炽灯冰冷的光线下，威慑了人心。

也不知过了多久，等到大人都悉数退场后，他才问："还唱吗？"她已经走到病床旁，轻轻点了点头，叶知舟便跟着走过去，只是一挨近又轻轻叫道，"许知书……"

那永远优秀、骄傲的女生，此时正微微地发着抖。他犹豫了一下，想伸手握住她颤抖不已的双手，可大抵又觉得两人还不熟，那手在空中顿了一下，又收回去了。

- 3 -

后来听人说：Love is a touch and yet not a touch（爱是想碰触又缩回手）。那时的他是否知道？

或许知，或许不知，后来的知书都无从知晓了。

想碰触又缩回的手终究没能按住她颤抖的双手，可到底，那一夜是他陪着自己，在外婆的病床边一遍又一遍地哼着那首《天黑黑》。

自那夜之后，两人顺理成章地成了朋友。

学校里开始有人说:"哎,那叶知舟和许知书是不是在交往啊?"可没有人知道,其实每一次,都是知书先找的叶知舟:"那个,陪我去趟医院好不好?"

他从没有拒绝过——不,不是因为叶知舟对她好。接触得越多,知书便越发觉得这男生其实随性得出奇:只要他不拍照,任何时候她约他,他总说好——

"叶知舟,陪我去一趟医院好不好?"

"好。"

"叶知舟,我们逃掉体育课去后街吃铁板烧好不好?"

"好。"

"叶知舟,我来当你的模特好不好?"

"好。"

许知书问出最后一个问题时,正值高考前夕,教学楼上挂着的"距离高考还有××天"的倒计时横幅已经变成了"1"。可这天,两人还是扔掉了三年的沉重包袱,乘着公交车到郊外去拍照。

"我脑中一直有一幅影像:年轻的女子趴在旧铁轨上,天清气朗,远方是呼啸而过的风……"

"我来帮你。"知书毫不犹豫地扔掉书包。

明明穿得一身洁净的白,带着女王般的骄傲,可她毫不犹豫地甩掉了清高矜持的形象,趴在脏兮兮的废弃轨道上。

谁也不知若干年后,趴在旧轨道上拍照会成为文艺青年的"标配"。就像她不知若干年前,趴在轨道上迎接呼啸而过的风的人,其实是另一名女子。

那时的知书只是依言趴在脏脏的铁轨上,他让她看东,她便转向东,他让她看西,她就一心一意地看西。镜头仿佛有灵性,捕捉了她脸上的每一分神情:冰冷的、骄傲的、矜持的、脆弱的……

直到天沉沉地暗下来,她才开口:"叶知舟,那晚你偷拍了我一张照片吧?就在医院的走廊里。"

少年捧着相机的手一顿,没有抬头,也依旧感觉得到她炯炯的注视,他"嗯"了一声。

知书悄悄扬起了唇角。

她记得,他也不会不记得:从外婆病房里出来的那一晚,她在走廊上坐了许久,冰凉的长廊逼出了被压抑了整晚的泪,她垂下眼,滚烫的泪水簌簌滚落。

那时他正拿着相机拍长廊里的灯,无意中方向一转,落泪的少女就这么映入镜头里。

多么不经意,可人生之际遇,就在于所有欢喜的相遇、悲伤的分离,皆不过因一个"恰逢其时"。

这天拍完照片后,叶知舟将一个MP3递给她:"作为偷拍你的补偿,这里头有一首我录的《天黑黑》,就送给你吧。"说完,他收起相机就往公交车站走。

知书怔怔地看着那个只存了一首歌的MP3,只存着一首《天黑黑》。陡然之间,她想起了他曾说过的那句:"以前我也给别人唱过这首歌,不过后来她不需要我唱了……"

不过后来,她不需要我唱了——后来。

少年孤独的身影渐行渐远,夕阳西下,将那影子拉得好长。她在后面喊了声"叶知舟",可他没听到,于是她迈开步子朝他走过去:"叶知舟!"

"嗯？"

"叶知舟，就让我一直当你的模特，好不好？"

他双手懒散地插着裤袋，满口的漫不经心："好。"

"然后，不要拍其他女生了，好不好？"

那漫不经心的人略怔了一下。

"叶知舟？"

"……好。"

一个立志成为摄影师的人怎能许下这样的诺言？可他许下了。

好在知书是这样好的模特儿：在他的镜头下，或嗔，或痴，或娇，或艳。一年多后的某一天，知书将一本图文杂志摊到他面前："喏，现在最红的时尚杂志。"

叶知舟呆住了——此时跃入眼帘的，可不就是自己镜头下的知书吗？从封面到内插，从彩色到黑白，或嗔，或痴，或娇，或艳。"这……"

"我给杂志社投了稿。"

"然后就刊登了？"

"然后就刊登了。"

可他不知道，其实知书从成为他模特的第一天起，就在暗地里使力：一年多以来，她当了他无数次的模特，她私下查找了无数家报纸杂志、媒体网站的联络方式，她瞒着他无数次给报纸杂志、媒体网站投稿，一次又一次，直到这次。

"叶知舟，这家杂志的编辑说，你真是个天才。"

天才不怕被掩埋，你以为是因为上天公平吗？不，不是的，是因天才身边有许知书这样的女子。

可成为"天才"后,想站到他身边的女生却开始多了起来。原本沉默寡言的男生,不过是有一点点帅,有一点点怪,此时却突然成了香饽饽"知名摄影师"。

人人皆知摄影师叶知舟只拍许知书一人,可人人不信邪。

那一天,两人还是约好了一起出去拍照,可到了约定的奶茶铺外面,知书却看到他被一名貌美的学妹拉着,两人不知在说什么。

学妹虎视眈眈,这家伙却还是那副招牌式的懒散模样。知书走过去,就听到他懒懒地说:"可我已经有知书了。"

知书不知道他们在说什么,等到学妹黑着脸离开后,她才问:"怎么了?"

"没什么,就是问我缺不缺模特和女朋友。"

知书差点就要笑出声:这家伙,为什么连说这种话时都是一副慵懒又兴致缺缺的样子?明明是貌美学妹在向他告白呀,可他的口气就像在说"哦,今天补考发挥失常大概又要挂科了"。

那天拍照时,有好几次知书都盯着他的面孔瞧。明明该看天上的云的,可那么多次,她就只是看着他的脸:"叶知舟,那学妹不够美吗?为什么不考虑让她当你女朋友?"

"没兴趣。"

没兴趣?是对学妹没兴趣?还是对女朋友没兴趣?

回校的公交车上,她脑中始终盘旋着这一个问题。身旁的男子很认真地在审视今天的作品,可她却拉住他的衣袖:"叶知舟,你有喜欢的女生吗?"

他怔了一下:"很久以前,有过。"

是，很久以前有过。那名曾经听他唱过《天黑黑》的少女，曾那样强势地横贯了他的前半场青春，只是，只是……

知书在心中对那少女说了声"对不起"，然后仰起头来："那现在呢，现在难道不需要女朋友吗？"

"……"

"叶知舟，让我当你女朋友，好不好？"

- 4 -

公交车陡然间颠簸，颠掉了他盯着相机的目光。

"叶知舟？"

"嗯？"

"好不好？"

"……好。"

她唇角微微地翘了起来，一双漂亮的眼渐渐地、渐渐地，眯出了愉快的月牙状。

可随后，许妈妈却快要疯掉了。

在这一年的暑假，母校请这位"全市第一却报了所普通大学"的奇妙学姐回校演讲。那天知书站在讲台上，问她的学弟学妹们："成绩好有什么用你们知道吗？"

下面一排人茫然地摇着头，而她说："就是不论你喜欢的人报了哪一所大学，你都能轻轻松松地留在他身边——因为他上得了的学校，你也上得了。"

台下一片疯狂的掌声，就连年轻的语文老师都被触动了。

可回到家时，迎面而来的就是妈妈的一巴掌："蠢货！"

想当初知书拿着全市第一的成绩报了普通一本,许妈妈就已经很不高兴了,可念着学校近,最后只要求她报经管专业,便不再多苛责。谁知这丫头一进大学就申请了调专业,这会儿专业调剂结果出来了——服装表演专业。

就是模特专业!

"就为了那个拍照的!"许妈妈气得浑身发抖,"他能给你什么?一个拍照的,他能给你什么?"

那时叶知舟正去而复返,想把知书落下的杂志拿过来,却在许家门外,听到了这段不该听到的对话。

隔着一扇门,女子骄傲而坚定的神情根本无须想象,她微微提高音量,带着专属于许知书的笃定:"妈,知舟不是什么'拍照的',他是全世界最优秀的摄影师。"

"那是你自以为的!"

"我'自以为的',也必会成为事实!"她坚定,骄傲,笃定,冷硬,斩钉截铁。

那一年,江海市的盛夏有潮湿的风,有连绵不尽的蝉鸣,还有许知书骄傲而坚定的信任。

门外叶知舟握着杂志的手紧了紧,然后,听到她说:"他是最优秀的摄影师,我就是最优秀的模特——永远都是!"

可事实上,这样单纯的愿望终究还是实现不了的。大学生活接近尾声时,在知书的策划下,两人用叶知舟的名字注册了工作室。可好景不长,就在工作室成立的半年后,一场大火烧毁了工作室里的摄影作品,也烧伤了……急着抢救作品的许知书。

知舟赶到医院时，一双眼睛里充满了红血丝。那抢救他作品的女子此刻正躺在重症监护室里，被火烧毁了整个后背，和天鹅般优雅的脖子。

许妈妈一看到他就抓狂了："都是你！就为了你这个混蛋，她整个人生都毁了！"悲愤的声音响彻医院的长廊。恍惚间，他仿佛看到了许多年前站在火车轨道上的另一个少女，为了追回他被风吹走的照片，被呼啸而来的火车永远地带走了……

"都是你！都是你这个混蛋！都是你害了我女儿……"一声声的咒骂朝他涌过来，从那么多年前，到这么多年后。

可当那被火灼伤的女子醒过来，还那么虚弱时，第一句话就是："叶知舟，答应我一件事，好不好？"

知舟几夜没合过的眼红得就像要滴出血来："好。"

"我的后背和脖子都毁了，"她轻轻地，慢慢地，吃力地抓着他的衣角，"答应我，别再拍我了，去拍别人，好不好？"

滚烫的泪，猝然地滚落在她的手背上，他猛地起身，冲出了这间病房。

房内只余许妈妈悲愤的骂声："你这个蠢货，蠢货！"可高高举起的手，却是始终没落下。

这一年，他和她都领了毕业证，可知书自火烧之后就不再面对镜头了。她退居幕后，开始跟着许妈妈打理许氏，另一边，也帮着叶知舟重新组建起工作室。

其实即使不拍许知书，知舟的作品也永远是一流的。模特多了，拍摄类型也渐渐地广了，没多久，他便成了各时尚杂志和娱乐节目最喜欢的摄影师。

那一天，知书还是在许氏处理公文，知舟的电话突然打了过来："快，到光源艺术馆来找我。"

也不说要做什么，只是口吻神秘。等知书到了光源后，才知道原来里头正在举办一场摄影展。人来人往的展厅中，墙上挂着的女子——竟然全是她！

展厅中央的灯就像在此等了她一世，知书甫踏入，"啪"一声，灯光便暗下了。中央幕布上动人的影像直直逼入她眼底：那是一幅单人照，十八岁少女趴在废弃的铁轨上，天朗气清，远方是呼啸而过的风……

知书瞪大眼：那是十八岁时的许知书啊，而当时十八岁的叶知舟说："我脑中一直有一幅影像……"她替他演绎出来了，就挂在展厅正中央。

"知书，可以帮我一个忙吗？"就在她愣怔的时候，有耳熟的男声自那边传过来。

她转过头，惘然间，对上了他微笑的眼："许知书，我们结婚，好不好？"

"许知书，我们结婚，好不好？"

周遭掌声如同汹涌的潮水，哗啦啦，哗啦啦，延续好久。可这潮水中的人不会知道，这一路走来，有那么多次，其实都是她跟在他身旁提要求——

"叶知舟，就让我一直当你的模特，好不好？"

"叶知舟，让我当你女朋友，好不好？"

多年前的知书与知舟一步步走到了今天,而今天,终于换成了他对她说:"许知书,我们结婚,好不好?"

"好。"

好,真好。那是2015年,许知书永远也不会忘记,在那么多人的见证下,她的知舟向她求婚了。

明明眼中有那么多欢喜,可出了光源,当知舟问她打算什么时候去领证时,她却垂下了眼眸:"不着急吧。"而后她回头,看向了灯光已然黯淡的影展:中央幕布上,那一幅曾在他脑中定格多时的影像绽着微弱的光。

她说:"不着急吧。"

她不急,叶知舟也就不着急了,反正事业正在上升期,反正工作永远源源不断。

行业内渐渐地形成了一种奇妙的规律:凡是被叶知舟拍过的"大咖",很快就能走出中国成为国际影星;凡是被他拍过的"小花",很快就能大红大紫。

所以无数幻想着一夜成名的男女纷至沓来。

那一次,叶知舟原本已经定好了模特,却被一名与许氏有合作关系的女星临场换下了。下面的人都说,是知书为了许氏的利益擅自更换了男友的模特,知舟当然不相信,只是当他问起知书时,知书的理由却牵强得莫名其妙:"这套片子的主题原本就是'摩登'啊,我觉得比起庄子清,秦新更有摩登的气质。"

言罢,她淡淡地瞥过了模特简介上的照片:清清秀秀的女子,趴在火车轨道上,天朗气清,远方是呼啸而过的风……

她冷冷地勾了下唇角,将简介扔进垃圾桶。

可庄子清也不是省油的灯。既然查出了叶知舟就好这一款形象，她自然不会放弃。

简介已被知书扔掉了，工作室里的人也都知道老板娘不喜欢这枚所谓的"新晋小花"，一见到她的拍摄邀约，便直接推掉。可庄子清还是有办法，亲自带着那批铁轨照来到叶知舟面前："我觉得，我会是你最理想的模特。"

一个月后，原已经有工作安排的叶知舟临时改了档期，以庄子清为模特，拍摄了一组新照片。

又一个月后，庄子清果然时来运转，被招进了一个大IP（成名文创）剧组里饰演一名极重要的配角。

再一个月，叶知舟打算再度与她合作时，计划未定，便遭到了知书的反对："换个模特吧，两次都用同一个人，外头会有人乱说话的。"

可那时知舟已经什么都听不进去了。她懂他的，不是吗？一旦灵感乍现，一旦有真正想拍的主题出现，他是谁也劝不动的："知书，你知道我一直想拍一组这样的照片。"

从十年前到十年后，他脑中始终有那样的影像。

可他明明知道，外头的传言早已经沸沸扬扬了。明明都是有头有脸的人，为什么被外人说得那么难听了，什么"知名摄影师移情别恋"，什么"新欢神似初恋"，各种乱七八糟的谣言都出来了，这人就是不管不顾，执意要拍他那套什么新照片呢？

"知书，你应该比任何人都更理解我，这是艺术，不是什么男女感情！"

"是，我理解。"所以，她才这么忧虑——

"叶知舟，不要拍那组照片，好不好？"

这么久以来，第一次，他没有说"好"。

那时知舟文化恰好创立了五周年，叶知舟想拍的照片，就是准备在五周年庆典上展出的。那么多年前，他在光源里展出的全是她年轻时的模样。而今在这五周年庆典上，被挂在展览厅中央的是两幅铁轨照：以前的知书，现在的庄子清。

无数闪光灯闪耀，疯狂地对向了这十年前和十年后的两幅影像：同样的铁轨，同样的姿势，年轻的女子趴在旧铁轨上，天朗气清，远方是呼啸而过的风……

不知多少记者曾经采访过庄子清："庄小姐，有传言说你之所以能够两次与叶摄影师合作，是因为你神似他的初恋……"

而今在这灯光璀璨的场所，神似初恋的女子与现任女朋友狭路相逢了，可谁也想不到，知书见到她，竟如同见到任何一名普通的来宾，依旧优雅而温和："感谢光临，希望能玩得尽兴。"周旋一圈后，得体地回到叶知舟身旁，纤手挽入他臂弯。

从头到尾，也没有正视过这名所谓的"情敌"。

叶知舟很满意，真的，他的知书了解他，只有知书不像外面那些蠢货，会将艺术幻想归结到流俗的男女感情上——她得体地招呼了所有人，她得体地向众人介绍每一幅照片背后的故事，她得体地在他致感谢词、说"感谢这十年有你"时，露出了掺杂着感动与欣慰的笑。

可那一晚，当叶知舟回到家时，却发现跟他说人不舒服提早回家的知书，已经清空了她在这个家里的所有痕迹。

人不在了，护肤用品消失了，就连属于她的衣物也被清理得一干二净。那晚叶知舟不知给她打了多少通电话，知书全无回应。第二天、第三天……

电话不接,音讯全无,人避而不见。那几日江海市正沸沸扬扬地闹着一桩笑谈:在安妮斯顿贴出了与朱莉的合影,并配文曰"Why not?"后,庄子清也东施效颦,在她的微博上贴出了那晚与知书的合影,同样配文曰"Why not?",企图借这对大名鼎鼎的男女,再掀一番言论新浪潮。

可谁知,向来懒理闲言的叶知舟竟怒了:"为什么要一直搬弄这种无聊的是非?所有人都知道,我的女朋友只有一个,过去、现在、未来,都是许知书一个。"

而那一晚,大V"无名博物馆"在微博上发出了"留电话寻人唱歌"的活动。

多么巧,历史是如此相似,就在她与他的感情遭遇了滑铁卢之时,微博上又发出了类似当年的消息。那晚叶知舟在微博下看到了知书的留言,没有姓名,没有电话,只三个简单的字眼:天黑黑。

就像多年前的那一晚,手机旁的她只等了几分钟,屏幕上便亮起了叶知舟的名字。那年曾经为她唱过歌的男子,现在依然有打动人心的歌喉,可这回,一曲完毕后,她却说:"叶知舟,我们分手吧。"

多少年了,每次她给他提要求时,总会在后面温柔地加一句"好不好"——"叶知舟,陪我去医院好不好?""叶知舟,让我当你女朋友好不好?"好不好,好不好。

可这回她却只是说:"叶知舟,我们分手吧。"

知舟怔了一下,以为自己听错:"知书,知书你知道自己在说什么吗?你明知我和那个庄子清什么关系都没有……"

是,他和庄子清什么关系都没有,因为那样的女子,不配和他有关系。

叶知舟自然不会同意她一个人做这种决定:"知书,我们明明已经快要结婚了……"

可她却笑了:快要结婚了,是吗?从几年前那一场求婚仪式到现在,真的,有好几次,就连她也以为两人很快就要结婚了。可是啊:"知道为什么明明订婚那么久了,我却一直不提结婚的事吗?"

他怔了一下,然后,听到她说:"因为我想等你彻底地走出当年小希的阴影,心无旁骛地和我在一起。"

多年前他说:"我脑中一直有一幅影像。"那年求婚时,他就用那一幅影像来表达心中的感情。

可是,可是影像终究是旧的,故人已逝。

"叶知舟,每一天我真的都觉你又走出了一点,每天都好像离婚期近了一点。"

"可到最后我发现,原来一切都是我的错觉。"

你看,不管是过去,还是现在,你的幻影。

其实全都是小希。

- 6 -

"所以说,你心中真正的顾虑不是庄子清,而是小希吧?"

"不。"

"那是谁?"

她没有回答了。

知书再一次来到无名时,我正在用手机观看一年一度的"杰出青年"颁奖礼。不出意料,这一年在艺术上有所成就的依旧是叶知舟。

知书来到前台时,颁奖台上的叶知舟正在发表他的获奖感言。

依旧是昔日那个懒散沉默的男子,这一回,他的感言少得只剩下一句:"好的爱人为你打开一扇窗。"

而同时,知书敲一下我的桌子:"你好,无名小姐。"

我抬起头。

今日的知书依旧如同初见时:优雅、矜持,带着淡淡的骄傲。那天在阳光下闭目落泪的女子呢?仿佛只是场错觉。

我拿出MP3,她客气地道过谢,只是在转身时,手机里又传出了叶知舟的声音:"当然,那个爱人,就是陪伴了我整整十年的女子。"

台下掌声轰然响起,涨潮一般,让人想起2015年那一场盛大的求婚仪式。

那一场盛大的仪式,连同那日挂满了整个光源的女子影像,一度强势地成为了江海市的娱乐头条,人人称赞,人人艳羡。我将手机推到她面前:"其实你们同悲共喜十年,许小姐,我不认为你是一个容不下故人的女子,何必在这个节骨眼上放手呢?"

知书的脚步停顿了一下:"因为如果我不放手,他便永远也无法成就真正的自我。"

"自我?"

"是,没有阴影的自我。"她垂下头,看着手中白色的MP3。

初相识时,她请他唱了一首《天黑黑》;高考前夕她为他趴在铁轨上看天上的云;毕业那年,她不顾一切地纵身火海只为抢救他的作品,甚至在火海之后,她再也不能拍照——为了抢救他的作品,她再也没有机会拍照——可这一切的一切,都是小希曾经做过的事啊。

"无名小姐，如果有一天你成了爱人心头的黑色幻影，你会怎么选择呢？"

我沉默了，想了许久，才劝她："或许，我会尝试着带他离开那一道幻影。"

"可我试了十年，无果。"她笑了。

十年里她做了什么？不，什么也没做，她只不过是在爱着他，以自以为可以拯救他的方式，全心全意地，奋不顾身地，带着和他一样的对艺术无上的尊重，爱着他。

"可到最后我发觉，在他所有的模特中，最符合他心头那道魔咒的，是我。"

那么，还能说什么呢？

2003年，在知舟与知书还未曾有过交集时，那曾牵着他的手一同给外婆唱"天黑黑欲落雨"的少女，为了抢救他的照片被呼啸而过的火车永远地带走了。

2004年，十七岁的许知书在外婆隔壁的病房外，听到那少年给故人的外婆唱"天黑黑欲落雨"。那时候她想：这样温情的男子，为什么眼底会有那么沉痛的神色呢？

2005年，孤独的少女与少年在一曲意外的《天黑黑》下相遇，那时候她想：是你啊，叶知舟，原来是你。

可命运就是这样的滑稽，她和小希，明明是性情迥异的两个人，在爱情面前却那样的相似：拍照的模式相似，就连不能拍照的模式都相似，相似得让她无法拯救陷在黑暗幻影里的他，她将他拖入更黑暗的思念里。

那么，既然爱而不得，只好立地成佛。

"可是就算你离开了,他说不定还会再找下一个幻影啊……"

"不,不会了。"知书说,带着轻微的骄傲的神色,她说,"这个世界上,再也不会有人像我这样爱他了。"

全心全意地、奋不顾身地,以爱一名艺术家的方式去爱他——不会再有那样的人了。

- 终 -

2007年,年轻的女子对着心中藏了好久的男生说:"许知舟,就让我一直当你的模特,好不好?"

他说:"好。"

我合上看了一半的诗集,在那首叫《忠诚》的现代诗里,北岛说:"我信仰般追随你,你追随死亡。"

我叹了口气,关上了无名的大门。

一切都结束了,你看,闭馆时间也到了。

Part 3

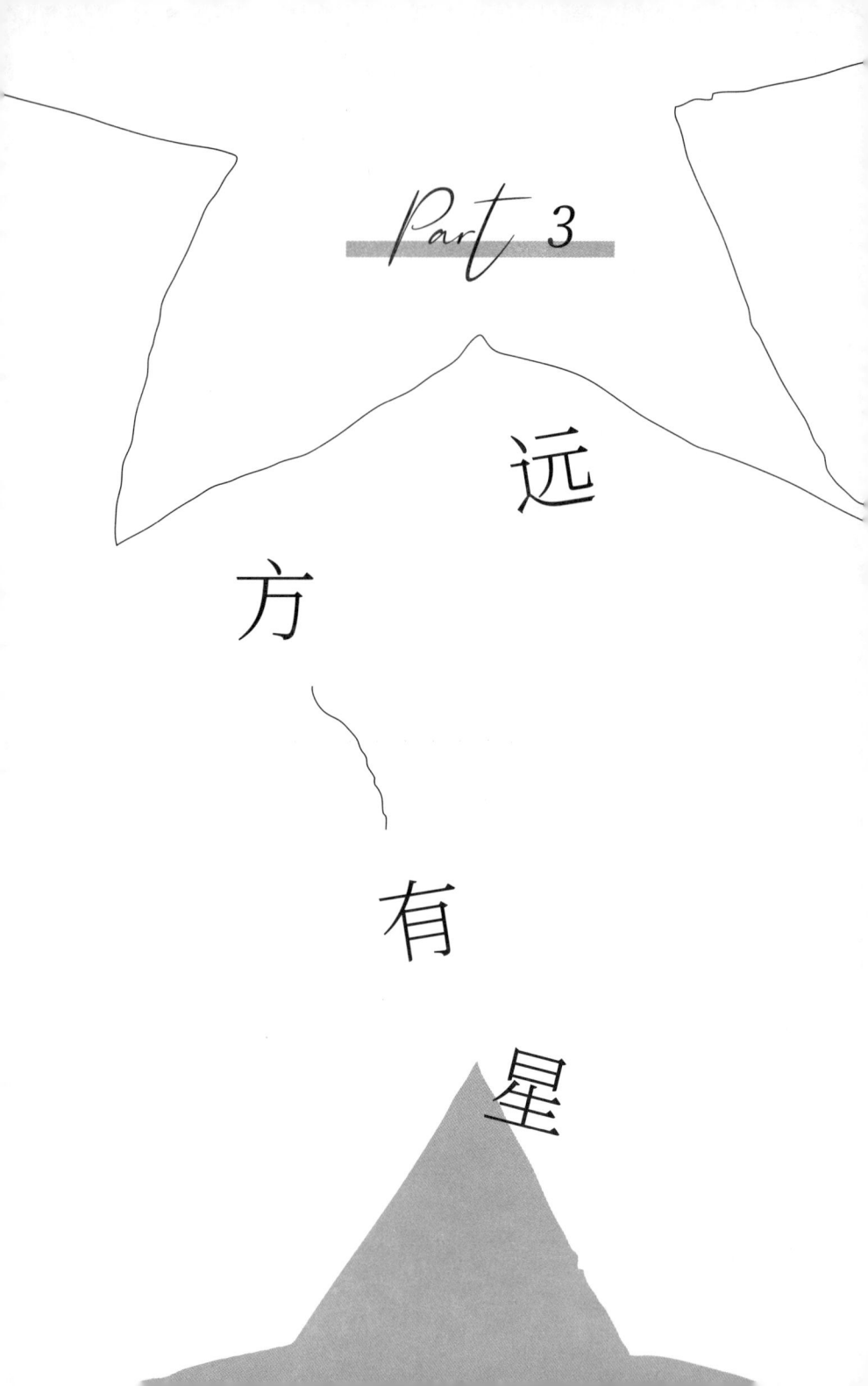

远方有星

后来我也走过很多路

后来我也走过很多路,就和当年计划的一样。

后来我也遇到过志同道合的人,却已经和当初不一样。

好友约我旅行,说趁着春节过去而下一个旅游旺季还未到来时,便宜——机票、住宿都便宜。

我看着被她圈出的那几个可选的目的地,有些意兴阑珊。喜欢的都已经去过好多次,不喜欢的更是懒得再去一次。

不知是这几年宅家宅出了过于平和的心态,还是偶尔出去做些短时工作激起了对金钱的珍惜,晓得工资来之不易,于是渐渐地,一些消费欲便小了。

工作与宅家看书的时间愈发地多,到楼下咖啡厅点一杯热美式便可坐着看一下午的书。许久不曾觉得"我太久没旅行了""该出去走走了",直到此次友人提醒:"你太久没出门啦,走,选个地方去住上一段时间!"我才想起来,自己也曾经是个十分热爱旅行的人。

但确实,大概有一年多的时间未曾出行了。

可面对着被好友点出来的那几个可选之地,不知为何,心中竟无多少热情和渴望。

突然想起几年前有回和弟弟去河南旅行,为抵开封而途经巩义的一座老庄园时,在古老庄园里看到了几百年前达官显贵刻于板上以警示后人的话——警示后人谦逊、勤劳、进取、心怀天下,因为那气势恢宏的庄园以及他们要把这庄园世世代代传下去的精神,我心中曾久久无法平静。

面对静谧无声的古老建筑群,仿若华夏数百数千年的文明摊开在眼前,我在浩瀚的历史中,惊觉自己的渺小。

那一刻,竟热泪盈眶。

也想起更久以前和表弟去东北旅行,从沈阳乘坐高铁至大连。那时正与喜欢的人冷战,前一个漫长的夜里辗转反侧,一直握着手机以防有微信进来看不到,却失望于最终没有任何消息。

直到第二天,刚下高铁时,手机一振,那头的人发信息来问:想我了吗?

一瞬间,只觉大连天清气朗,连远方中西结合的建筑也裹上了诗意。

彼时正值盛夏,大连的空气中有饱满的水汽,气温却比南方要低上不少。在七月天里眺望远方,只觉得整座城都有种清凉的潮湿感。虽然后来已经忘了那个人的脸——奇怪,不论曾经多么相爱,到最终你总会忘记那个人的脸,可那一座城在你心中已经烙下了最美的印记，深刻到后来你再也不愿踏足。因你知道那印记有感情的加持，让后来的你只敢远观，不敢靠近。

就像很久之后你退出了某一段感情，再回头去看那个人时，总要惊讶于他的普通。可事实上，你曾那样认真地爱过这名男子。

那时的热情是真的，深深觉得自己爱上了世间最好的人的心情，也是真的。

于是多年之后，相见不如怀念。

也记得有一年到英国伦敦去看望留学的朋友，平安夜前夕，因舍不得昂贵的打车费用，两个人从伦敦眼步行至住处，整整走了两个多小时。

当时租住的住宅区正是闹中取静的地带，深更时分，路上异常的安静。那种深夜于异乡拿着谷歌地图，半是愉悦半是不安地走在安静街道上的场景，此生想必不会再有下一次。

可如今想来，却甚是怀念。

怀念大概是初老的开始，可怀念中总不乏一些曾经有过的感动。

就像那次与朋友在伦敦剧院里看《歌剧魅影》，还有一年与弟弟在韩国首尔看当地的一种现在已经忘了名字的戏剧，同样听不懂演员们在说什么，却同样在落幕之时热烈地为他们鼓掌，为日复一日从事着文艺工作却从未懈怠过的这些人，泪流满面。

某种程度上，我亦算是半个从事文艺工作的人。我写故事，写小说，虽然写得并不怎么样，可这些年来亦是日复一日，从未懈怠。

永远记得鼓掌时，台上那名韩国大汉额角藏不住的汗，也记得自己热泪盈眶。

那大概是心中仍有一束火的人对于同样拥有这火花的、不知名也没交流过的同类,由衷燃起的惺惺相惜。

原来你忘不掉的旅行,从来都因忘不掉旅途中偶遇的历史与文明,忘不掉心中不灭不败的那团火。

像爱情,像曾经爱过的那个人。

某一刻,我们之间总会有共鸣。

如果你是我这生
最无能为力的遗憾

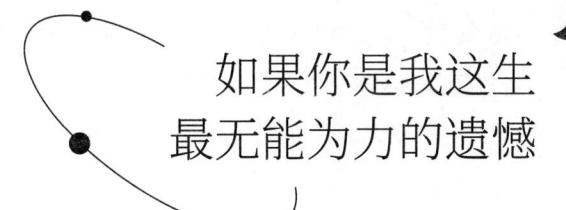

　　小时候总听大人说，人这辈子都会有遗憾。赤条条地来、赤条条地去，其间所经历的人生或平淡或丰盛，可不论如何，总会有无能为力的时刻，以此，成就了后来那些所谓"生命里的遗憾"。

　　"我曾经……""我当初要不是……""我当时如果能……"，诸如此类的话，充斥在后来的人生里。其实有时想一想，也并不是不唏嘘的。

　　我最常听到的关于"遗憾"的说法，在读者朋友们给我的微博私信里：

　　"阿吕，接下来即将有半年时间不会给你留言，因为要闭关了，为高考做最后的努力。"

　　"阿吕，又要进学校了，手机要收起，专心在学习上。"

　　…………

诸如此类。

每回收到这样的私信,其实心中甚是欢喜。喜于姑娘们在人生的某个阶段可以这样毫无保留地努力,为将来的人生,为现在的渴望。那么日后想起,不论结果如何,总之是可以不必为此事遗憾了。

毕竟我所以为的遗憾,十有八九都源于你原本努力就可实现却最终没有努力——而非努力了却没有实现的某些事。

我曾经在故事里塑造过这样的一名女子:高智商,高情商,对别人狠,对自己更狠。她十年如一日地喜欢一个人,于是便想方设法、用尽手段地来到他身边。

其实这样的人设,在我小时候看到的故事里,多属于女二。

她聪慧,却没那么多善良之心。对这段感情而言,她唯一的胜算只在于:她把所有的温柔都坦坦荡荡地、明明白白地,留给了那个人。

朋友问我:何必?人当为自己而活,怎能把所有的温柔都留给同一个人?即使他曾经在某个瞬间再如何吸引过你,可爱情终究不是生命的全部。

不不,朋友,我觉得,它即便不是生命的全部,也着实占据了你生活中无从描述的大部分温柔。

她想对他好,于是便对他好。她想与他厮守,于是便尽自己最大的努力。其实从另一个角度想,这何尝不是为了让自己开心?

我们曾经都有过爱慕一个人的经历。那种心中装着某个人便忍不住想靠近他,与他多说一句话都能暗自欢喜上半天的经历。而患得患失的时候,一步步走向他的时候,谁能说你不是为了自己呢?

我心中有你，便不希望你成为我此生无能为力的遗憾。于是做了诸多的努力，即便最后败北，在那段时间里，其实我也已经成全过自己。因为所有能为这段感情做的，我都已经做了。

　　就像私信里说自己"为了高考决定闭关"的朋友，生活中为了某事而曾经很努力的人，故事里那些说"总有一天我能走到他身边"的主角，人一旦有了目标与信念，其后所有的努力，便都不再是为了别人，那不过是在讨好自己。

　　我心悦你，那是我心。纵使你最终不属于我，于自己，我也已经尽力，没有遗憾了。

我或许是你曾经深爱过的人

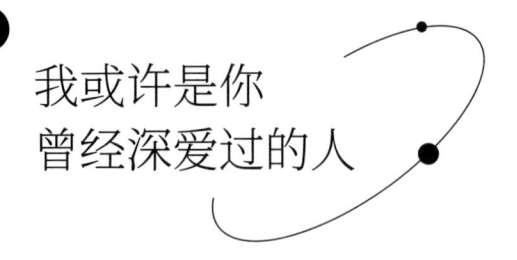

我的朋友小Q曾经给我讲过许多婚礼上的故事。她是一名婚礼策划师,当绝大多数人只经历过一场婚礼时,她已经不知经历过多少轰轰烈烈的、浪漫的、感人的、尴尬的婚礼。

"最后那种是我们最不想面对,却也是常常需要处理的场面。"小Q说。后来,她给我讲了那时刚结束的一场婚礼——

新郎、新娘是相亲认识的,认识两周便成婚,其实真谈不上什么"真爱"或是"刻骨铭心"。然而作为仪式的婚礼永远需要做得刻骨铭心,毕竟很多人一生只一次。

于是小Q她们替新人策划了各种当代婚礼必备的环节,可谁知,就在这些环节有序而感人地进行时,一名女孩突然在"亲友祝福"时跳上台,对着同在台上的新人以及台下的亲友,说:"我今天特意从F市坐三小时车过来,就是为了看我曾经深爱过的男人结婚,然后给自己一个over（结束），我终于可以告诉自己说，一切都结束了。"

曾经被她深爱过的那个男人愣了半天，台下观众也愣了半天。谁都想不到，在这样的场合下，他们竟然能看到曾经被电影用了无数次的桥段活生生地上演。而没等主持人反应过来该说点什么，那"决定结束这一切"的女孩已经跳下台，帅气地回到座位上，拿起包，帅气地离开了。

"新郎劈腿了？"这是我听完故事后的第一个反应。

小Q笑："哪里？人家新郎从来也没和她在一起过，是她一直暗恋那个男生好不好！"

简直不可思议！

"那人家也没什么对不起她的地方吧？"

"是啊。"

"所以她为什么要这样破坏人家的婚礼？"

"可不！但你说她破坏别人婚礼吧，她一点也不自知，甚至觉得自己又酷又帅，一场婚礼被她生生地演成了电影，并美其名曰'给了自己交代'。"

是啊，她是给了自己交代，却留下了一个烂摊子给人家新郎，新郎要给他的太太、丈母娘及女方的众亲属一个交代——毕竟连我一个局外人都能联想到"劈腿""渣男"，种种的恶俗"人设"，你让现场看客怎么想？

于是好好的一场婚礼，就这么高开低走地结束了。

而始作俑者只觉得给了自己交代，可以潇洒地离开。

惊人。

一直以来，我无法理解这种只站在自己的角度去思考问题的人。站在客观角度看着这类戏码上演，常常觉得可笑又可悲：女孩真的用心爱过那个男人吗？爱到不亲眼看他结婚便无法说服自己结束的程度？

不，我不认为。

因为如果真心爱一个人，你会为他好、凡事为他考虑，更紧要的是，你会渴望自己得以在他心中留有好印象。而不是像现在这样，在人家的婚礼上留下一个烂摊子，让一双新人这辈子再也不想见到你。

这是小Q在去年给我讲过的故事。

而后来，我们有很久都没有再联系。

再一次接到小Q的电话，是在另一场婚礼结束之后。小Q在电话里同我说："我今晚主持了一场婚礼，你知道吗？新郎是我曾经爱了很久的男人。"

这回是正儿八经谈过恋爱的人了。两人相识于大学校园，一路同舟共济六余载，可年纪愈大，在一起愈久，便愈是发现彼此之间有着难以跨越的鸿沟。最后两人谁也没办法向对方妥协，终于在一年半以前，分了手。

而一年半以后，身为婚礼策划师的她，亲手策划了他的婚礼。

策划过无数场轰轰烈烈的婚礼，却未曾想，原来最轰轰烈烈的那一场，是这个男人的。

而小Q在婚礼即将结束时，将红包从包里拿出，以朋友的身份欲送给那双新人时，却又在一秒之间，决定将红包收回。

因那红包背面没写下落款，只有一句话：我或许是你曾经深爱过的人。

我或许是你曾经深爱过的人，在你青涩的大学期间，在你迷茫地踏入社会的初期，在你最不易的创业时期。我们曾经一起走了那么久，也相爱过那么久，而你最终，还是爱上了别人。

"为什么又把红包收回来？"我在电话里问。

"还记得那个跑到舞台上大喊'我终于可以告诉自己说，一切都结束了'的女孩子吗？在拿出红包的那一瞬，我想到了她。"

想到她曾经自认为帅气地给了自己交代后，却将别人的婚礼搅得一塌糊涂。而这一份小小的红包，杀伤力虽不如那女孩跑上舞台那么大，可如果最后整理红包的是男人的太太呢？他们之间是否会开始有怀疑有隔阂？而她是否可能就因一个小小的举动，搅坏了一场婚姻？

"我或许是你曾经深爱过的人"，原来就为了这一句话，我要保有曾经那名女子的温良与体面，我要让你往后余生里再想起当初那女子，心中只余下怀念。

我想，或许在某一刻，那个男人必定也是小Q曾经深爱过或依然深爱着的人。只有这样的爱，一个女人才会柔软而慈悲，在眼见的疼痛面前，压下疼痛，为他演好最后一场戏。

尽管，那可能是人生里的最后一次。

我最好朋友的婚礼

我曾经写过这样的一个剧情：二十出头的年轻男子在上课时被教授抽到打电话回家，在那一堂心理课上，教授让所有被抽到的人都敞开心扉，和家人认认真真地说一次"我爱你"。轮到男子时，他看上去很紧张，紧张到电话一接通，他匆匆对那头的老爸说了句"我爱你"，便挂上了电话。

后来，男子同他的一位同学说，那时他之所以那么匆忙地挂电话，是因老爸从电话那端传过来的回应是："死孩子！说什么废话，快去给我买酒回来！"同学黯然，许久之后，将手默默覆到了他的手背上，拍了两下。

很多人问过我，这一个剧情是不是真的，世上是否真有这样的父亲，又是否真有这样的男子，在对家人表达过自己的真心后，却得不到应有的回应。

很抱歉,这是真的,男主角就是我的老同学Jim(吉姆)。而在这一个周末,我赴港,参加了Jim的婚礼。

其实一帮子同学都没想到,他的太太与我们之前听过的那位,并不是同一个人。一年前,大家都听闻过Jim的烦恼:在相亲并交往了一个多月后,他发现原来女友患有很严重的抑郁症,她不准Jim的肢体碰到她,晚上不吃药便睡不着,女方家长原想挨到两人结婚后再坦白此病的,可无奈她病情太重,一个多月后,Jim就发现了。

"赶紧分手呀,趁现在感情还不深!"所有人都这么劝他道。

可最终Jim的选择令一帮子人都咋舌:他非但没提出分手,还每日上女方家,好言劝导她去做心理治疗。那女子在抑郁症下无法控制情绪,骂他、打他、让他滚,可凭着某种他自己说的"即使当不了情人也依旧是朋友"的责任感,Jim一一忍住了,并最终说服了女子去做心理治疗。

那是全港最贵的心理医生之一,费用非女方的家庭所能承受,于是Jim加入了付费行列。一日又一日的治疗,最终那女子的病好了吗?我不知,我所知的是,到后来,那个事业有成且年轻貌美的心理医生爱上了这个责任感爆棚的男人,而这一个周末,我们从四方赶来,参加的就是他们的婚礼。

所有人都诧异:这不是都市童话吗!精英女神下嫁普通白领,只因他替相亲对象付了几次医药费?

可你说啊,世上又有几个男子会在这样的情况下替相亲对象付医药费?全港无数适婚女子,选择那么多,而眼前这位不过是芸芸众生中的某一生,能做到Jim这份上的,又有几个。

想必此前已有太多人问过新娘这一个问题,所以在婚礼上,当着来宾好奇的目光,她说:"我见过很多人,穷的、富的、美的、丑的,可他们都比不上Jim,在Jim身上,我看到了人类最朴质却也最高贵的灵魂。"

那一刻,满座来宾纷纷湿了眼眶。

是啊,爱人有最高贵的灵魂,即使在黑夜里,也闪闪发着光。

西式婚礼简单而隆重,一帮子老同学坐在酒席旁,感叹着新娘是多么有眼光才能抓住我们家Jim。那一刻,我突然想起了当年的心理学课程。

那是我在香港上的第一堂课。满教室的粤语口音与入时装扮中,一个来自内地、神色孤独、不漂亮亦不时尚的女学生显得十分黯然。可当教授提出"各位,请你们选择一位你愿意亲近并交流的同学,站到他面前"时,一个男生带着友善的微笑,站到了她面前。

后来他说:"因你是内地人,我当时好怕同学都不站你那里,那你该多尴尬啊。"

而后来的情形是,从他开始,其他的同学,一个、两个、三个……也都站到了她面前。

那是这名女同学这一生中修过的最刻骨铭心的一堂课,不为知识,只为那份毫不犹豫的温情,她爱上了这一座城市。

而你知,那女同学就是我,男生就是我的好朋友Jim。

这天敬酒时,一帮子老同学推着Jim的肩膀开玩笑道:"你小子哪来的狗屎运?"可其实大家都知道,成全他的不是狗屎运,而是此刻这男子灵魂里的高贵品质——是,他不够英俊、不够富裕、不够聪明,可这世上,谁人有他的善良与用心?

有些人说不清哪里好,可就是谁也替代不了。

多么感谢我的好朋友Jim，这么多年来始终保持着美好的品质，最终，遇见了能让他幸福的女子。

　　而我处在这凉薄的人世间，最爱收看的，不过就是这样的童话般的故事。

后来你想不起爱情的面孔

"深夜令人伤感的事情有三：失眠，落枕，午夜航班。"

很多年前给杂志撰写短篇时，在文章首段，我这么写。

那时密友L正处于一段将断未断的感情里：男友条件与她相差太多，为此家人强烈反对。不知是年轻气盛时荷尔蒙的强度远大于理智的强度，抑或爱情的确太伟大，总之那段时间里她痛苦异常。后来在双方感情僵持不下、男朋友也开始觉得为了她好两人应该分开时，她选择了离开这座城。

搭的是午夜航班。

飞机在夜色中等待时，L发了一条朋友圈：失落的人搭乘午夜航班，那感觉真是醍醐灌顶，让人几乎看透了人生。

然后没多久，她与男方了断，删除了他所有的信息。

你置身于这座城时，爱情将你包围，你囿于内心情感与眼前的纷争,忙得没有精力去看一眼现实。

现实是什么呢?离开此地后L说:"现实是,在我已经做好了准备,打算为了他与全世界对抗时,他还在犹豫。"

于是她选择了放弃,不是因为外界强大,不过是……他太软弱。

而她强大的热情可以在世界的冷漠面前无坚不摧,也可以在一瞬之间,溃败于他的不够坚定里。

"他配不上我。我妈说得对,他真的配不上我。"很多年后L说。

那时人们常说"你是我的软肋,也是我的盔甲"。可与这样的坚定相反的是,这世上还有一种感情,是她为自己穿上了盔甲,走到他面前,却因他植下的软肋,一瞬之间,丢盔弃甲。

那时她反反复复地听田馥甄,听她唱"明明你也很爱我,没理由爱不到结果"。我不知最隐秘的事实如何——就像所有见证了一切却依旧无法洞察男女双方细致内心的闺密,我甚至不知该怎么安慰她,只能在深夜陪她一次又一次地喝酒,在日头未出的凌晨,陪她到山上去等一场日出。

"你这辈子,还会再这么爱一个人吗?"记得那天看完日出后,我问她。

"不会了。但我相信,他这辈子不可能再找到一个像我这么适合他的人了。"

浓烈的爱情发生在很年轻的当时,一生只有一次。

"他尽管软弱,尽管在压力之下曾退缩,可总有一件事是明确的,他曾很认真地爱过我。"L这么说。

可很不幸,L被打脸了——两年后,男方有了新女友,听共同的朋友说，他声称自己"找到了可以相携一生的爱侣"。

一句话，将两年前的反复挣扎变成了过去式，将L的那句"他这辈子不可能再找到一个像我这么合适他的人了"，衬成了笑话。

很多年后我们依然是好友，依旧会一起旅行、约吃早茶，有好电影、好书都相互分享。

在看完我推荐给她的一本小说的昨晚，L发信息给我，说："突然看清楚了一些事。"

"什么事？"我问。

"突然明白为什么当初我们会走不到一个好结局。"

"为什么？"

"因他并不爱我。或者说，并不足够爱我。所以在压力与我家人的反对面前，他想的是'算了吧，也许我没办法给她一个好未来'，而不是'无论如何我有信心能给她一个好未来'。"

我沉默了。

我其实曾经想过的，在L最热烈、最坚定的时候，何以那个人会因外界的压力而犹豫？成熟的成年人总会说"我是为了你好"。家人为了你好，奉劝你尽早与条件不匹配的人分手，而那个人呢？他说"为了你好，我该退出"——多么感人、多么伟大。可没有人想过，为什么他无法说出一句"为了你好，我会努力成为一个能与你匹配的人""为了你好，我一定会给你一个最好的未来""为了你好，我不能让你置身于一个没有我的未来"？

他不曾想过，不是因为"为了你好"，是因为他所付出的爱意，支撑不起这样宏大的愿景。

是不够爱。

我与L都是理想主义者,我撰写过太多超乎现实的爱恋,她是热烈勇敢的人,所以在看到书中少年捧着一颗赤诚之心说"为了你,我愿意成为更好的人"时,突然之间,看清楚了当初那场不够有诚意的爱情。

真奇怪,总是要在很多年后,才能看清楚当时的你,以及当时的自己。

我曾在微博上看到过一名心理医生发出的段子,具体内容已经不记得了,可大概意思是——

"他爱过你吗?"

"是,他爱过我。"

"为你努力争取过,在你需要的时候及时出现过,在你付出热情的时候热烈回应过,在你渴望着一个好未来时努力地改变过?"

"……"

"好,现在我再问一遍:他爱过你吗?"

"……"

看,残酷的爱情。

无与伦比的美丽

"你为什么喜欢我？"

"……"

"或者说，你喜欢我什么？"

"我……想一下。"

原本应该很浪漫的情话，最终配了愚蠢的回答——男学生在经历过如此对话后问我："老师，你们女生究竟天天在想什么，为什么总要问这样的问题？"

有时其实我也无法理解男士们究竟在想什么，明明是可以借机哄得女友高高兴兴的问题，可他偏偏要配以"你人好""你对我好"等"脑残"回应。于是乎，女友生气了，而他"被生气"得很莫名其妙——你人好，你对我好，难道这不是赞美吗？

是，"你人好"大概算是赞美，可女孩子们到底还是比男人敏感心细：赞美的出发点不同，你对我的感情也定是有所不同的——以自身角度为出发点所做的回应，比如"因为你人好""因为你对我好"，这样的回复所体现出来的，就是"我爱自己远胜于爱你"，毕竟你对我的好感全是建立在"你对我好"这一基础上的，你说，还有比这更不像爱情的感情吗？

我学生的情况或许比以上所言的更糟糕。这个英语四级考到六百分的耿直男孩，在女友问他"喜欢我什么"时，想了半天，最后很实在地憋出一句"你会和我一块儿打游戏"。

对，他很诚实，真的很诚实——要知道，有多少男生的痛苦是来源于女朋友对游戏的痛恨。所以他女友在听到如此回复后，毫不意外地发飙了："意思是我如果没有和你一块儿打游戏你就不会喜欢我咯？你这人可真够自私呢。看来游戏才是你女朋友吧！"

男生被训得好委屈："可我真觉得那样的她很好啊，实话实说也有错吗？"

不，你实话实说本没错，错就错在，这并不是女生们想要的回答。

"你为什么喜欢我？"这问题她究竟要什么答案？在我看来，女子们大抵都不会反感的回答是："因为你美"——相貌之美，形体之美，皆为美。而我正是因为看到了这样的美，无法自制地沦陷，从此眼里再也容不得其他女子。

我的友人L小姐曾经爱过一个大了她十四岁的男子，那一场恋爱最终弄得轰轰烈烈，又以分手收场，尽人皆知。很久之后女朋友们坐在一起喝下午茶，终于有人忍不住问她："当年你到底是爱他什么啊？"

那时的L已经与那人分手，听到这问题时，却还是想也不想地说："你不觉得他很帅吗？"

众人面面相觑："呃……其实那时我们都以为，你和他在一起，是因为他有钱。"

好吧，群众的眼睛是雪亮的，那么大叔的颜值已大体可想象。

可我相信那一刻，以及从前那一些爱着他的时刻，L是打心底觉得那个男人面貌美丽的。或许正因这份美，她爱上了他，也或许因她爱着他，所以她打心底觉得他有着其他男子都无可比拟的美丽。

你看，这就是爱情——我对你仍无所知，却已经愿意托以终身，是因为你给我带来的种种温柔体贴种种利处吗？不，是因你于我而言拥有势不可当的美丽，只因为，你是你。

尽管这一份美，芸芸众生都不曾察觉。

我厌你因利处而爱我（比如"你很好""你对我很好"），我要你因欣赏、惊艳和爱情来临时剧烈的心跳频率，而忍不住来接近我。愿陪你打游戏的大有人在，可能令你从眼睛到心灵都惊艳的，只能有我一个人。

所以下次女友如果再问你爱她什么时，知道该怎么回答了吗？

因性格相合、门当户对、共同利益而起的，都不是真爱情。相信我，真爱降临的那一刻，你眼中的她所拥有的，不是好性格、好教养、好前途、好学历，是无与伦比的美丽。

当讨论旧爱时，我们讨论的是什么？

午休时间，食堂里永远人头攒动，于是与工作地点相近的三两好友约了一同去吃茶。

广式早茶，一份肠粉、两屉包子、三笼排骨鸡爪小食，少许青菜，再来一壶普洱茶，食不饱的话，或许可再加一份闽南人热爱的面线糊——在天气渐渐热起来而食欲减退的现在，真是顶好的选择。

于是朋友们一边喝茶，一面讨论……某友人的旧爱。

啧，初夏乐事。

是坐我对面的小A先挑起的话题，她说："我有充分理由怀疑，小B对她前任还留有旧情。"

小B就坐在我旁边，闻其声后，用看傻子的表情看着A，静待那所谓的"充分理由"。

小A说："因为前任给你留下了太多美好的回忆，我总觉得你没能忘掉。"

小B这人,一年多以前同前任分手。恋爱过程其实算不上多轰轰烈烈。虽然分手之前有过争吵,争吵之时又难免将不堪的过往揪出来再不堪地互相怼一遍,可短暂的争执期过后,两人分开时,勉强也算得上是和平分手。

而分手后小B再无说过一句前任的不是。反倒是友人们吐嘈小B的前任见异思迁、不负责任、无男子气概时,小B总替他解释说:"他不是那样的人。"

——太过分了这个人,怎么分手不到半年就有新女朋友了?该不会是没和你分手就勾搭上了吧?

——不,他不是那样的人。

——太过分了这个人,和你在一起时什么钱也没给你花,现在倒好,新女友要什么给买什么,实在让人看不下去!

——那有什么法子?和我在一起时他才刚参加工作,想花也没的花呀。再说,也算不上没给我花钱,只不过那时收入有限,而他已经把能给的都给我了。

友人们口中的翻脸无情男,被小B寥寥几句解释成了"每个女生都会在很年轻的时候经历的、贫穷却真心的、赚了10块钱愿意给她9块9"的"白月光"。

可见成败一张嘴,有位善良的前任是多么幸运的一件事。

小B的前任我其实也熟识,称不上"渣",但要说对小B有多好,那其实也真算不上。可为什么后来提到他时,小B永远过度美化,完全忽略了前任从前的种种不堪?

友人们说，因为小B是个大好人。

而我想，小B不仅是个大好人，还是个大妙人。

无数女子分手后痛哭流涕，对着朋友大吐前任的不是，一开始，朋友们连连称"是"——是是是，他就是个乌龟王八蛋，这烂股咱抛了不亏。可日子久了，您若仍沉湎于悲愤中、时不时地吐苦水，总难免让人厌烦。而那时，让朋友们厌烦的可不止是你的前任，还有祥林嫂似的你。

再怎么说，这人即便有诸般不好，也曾经让你在千万人中一眼看中过。

而小B的妙就妙在于，她不仅潇洒地不做"祥林嫂"，还顺势肯定了曾经的那份好。

他见异思迁？不，是你们不了解。他翻脸无情？不，是你们不懂他。总之他再怎么怎么差劲，也总有无人能及的优点。而这一切，是外人从来都不晓得的，也不足为外人道。否则我怎么可能爱上一个浑身是缺点的男人？

到底，我也是个有条件有品位的现代女性。拿得起，放得下。

要论当年，那其实不过是一个恰值最好年龄的女子，爱上了一个还算合适的男人。如今缘分尽了，那是命运的事。我有什么法子呢？我们都没错，是命运错了。

所以不必否定曾经，只消照看好现在，顺便期待着未来。

到底，人生就是一地鸡毛，捡不完的话，凑一根鸡毛掸子，抖一抖，用水冲一冲，日子还得照样过。

而妙人的日子，总比不妙人的好过，是不是？

生活或有许多的苟且，除了诗和远方

毕业季总是令人伤感，酒过三巡，总会有人失态或者酒后吐真言，如同这一夜。

有女学生拉着我，在不知第几杯雪津入肚后，蹭在我身边重复着说："老师，我真的不想走……"

不，不是舍不得我，也不是舍不得学校，只不过这学校里有她刚刚分了手的、因毕业后就要各自回家乡所以不得不了断的、曾经深爱过的……前男友。

毕业季即分手季，历年皆如此。而总有这么一个时刻，在酒精的作用下，她们的失恋堂皇地升华成为对人生的失望："老师你说，未来的我会变成什么样？会不会很惨？会不会再也遇不到深爱的人？"

我看着她年轻的面容，寻思着该怎么来回答这问题。片刻之后，我还是说："你会遇到真正合适的人，过真正想要的人生，"想了一想,又加上高晓松那句,"生活不止眼前的苟且,还有诗和远方。"

"真的吗?"

"真的。"

而后我又自言自语般补充了一句:"如果有足够的勇气。"

当然这一句,我没有让她听到。

前几天朋友A来找我,确切地说,她也曾经是我的学生,更确切地说,她亦曾经是在毕业酒会上抱着我失声痛哭过的学生。不过与前面那名女子不同,当年她痛哭时所为的男子——人家其实并不喜欢她,自然更称不上男朋友或"前男友"。

她哭,只是因为那一句:"喜欢一个人为什么不及时说出来呢?我真后悔,就这样浪费了四年。"

而四年后,A毕业了,平凡的姑娘,做着平凡的工作,一年之后,她给我打电话,说要结婚了。

震惊,除了震惊还是震惊——"什么!就要结婚了?他是谁,认识多久了,该不会是相亲认识的吧?"

"不,不是相亲认识的,他是我的客户。"

原来如此。

不过待到婚礼那日我又发现,原来她的先生年纪轻轻却已经微微驼了背,其貌不扬,异常瘦小,站在不穿高跟鞋的新娘身旁,竟还比她矮了半个头。

完全不是小A想要的类型。

喜宴上不乏窃窃私语——

"话说小A外貌条件也不差呀,为什么会愿意嫁给一个这么丑的男人?"

"你是不知道啊,据说这男的光买的求婚戒指就值七位数,七位数啊!"

"天!"

瞬时间,男主角微驼的背和瘦小的身板都不重要了,众人的脑海里头浮起的都是小A日后舒适的贵妇生活。

也的确,婚后小A辞了工作,朋友圈里的她长年奔波在欧美、日韩的名牌店之间。人人都说她过得好,后来渐渐地,她也总说自己过得好。只是在前阵子某个一同喝酒的深夜,大抵夜深人醉,白兰地开始在胃里灼烧时,我脑子抽风了似的问了她一句:"还记得大学时让你哭过的那个男生吗?"

小A一直啜着酒,很久后,才牛头不对马嘴地说:"现在我如果哭,一般只是因为一个男生。"

"谁?"

"我丈夫。"

嗯,我明白,其他人统统不明白——那些听到这儿就要下意识地以为是她老公成天在外头花天酒地的人,你们都不会明白——小A哭是因为他,可他没做错什么,他只是在每个夜深人静时,躺到了她身旁。

"这个人,和我整个青春期里幻想的脸完全不一样。痛苦吗?不,不是痛苦,我只是……有一些心酸。"

"嗯。"

"人们看得到我的光鲜,却看不到我在深夜里哭。"

"可这是你自己选择的。"

"是啊,所以,我只能继续让你们看我的光鲜,这样我就会觉得，或许自己真的很光鲜。"

那一刻，我突然心酸，转身抱了抱这姑娘。

其实啊，你说有多少姑娘因为选择了不够满意、不够爱，或者一开始就觉得达不到内心标准的男朋友，而陷入了不断自我催眠、自我宽慰的旋涡？

可一份感情，抵得住流言，抵得住洪荒，抵得住贫富差距带来的距离感，却抵不住半夜醒来看到枕边的人不是梦中面孔时，那一刻的凄凉。

"就这样，我度过了上半生。然后再继续这样，我要度过下半生了吗？"

"其实你大可以选择不这么做的。"

"怎么选择？"

"离开他，离开这种生活，去寻找你真正想要的。"

"不，我不敢——我没有勇气，也没钱。"

看，这就是生活，或者说，是大部分人的生活。

就像多年前小A可以选择在最后一刻向那男生表白，可事实上她没有；就像当年小A可以拒绝丈夫的求婚，坚持选择自己想要的人生，可事实上她没有；就像，就像这一夜抱着我说舍不得的女孩子，其实她可以不和男朋友分手，可以鼓起勇气留在这座城市，可以和他一起走下去，可她没有——未来有那么多不确定，可绝大多数的女子，害怕的正是这样的不确定，所以她们不敢，不敢去寻找所谓的"诗和远方"。

因为，那意味着某种层面上的冒险。

"老师你说，我以后会怎么样？"

"会遇到真正合适的人,过真正想要的人生。"我想了一想,又加上高晓松那句,"生活不止眼前的苟且,还有诗和远方。"

最终这样回答今夜抱着我哭泣的女子。

你看,历史总是惊人的相似。我们身边的绝大多数人,生活里充满了苟且。

而诗和远方,只留给有勇气的人。

没办法,历史总是如此,惊人地相似。

Part 4

北岛以北

往北之境 夏未眠

楔子

"深夜令人伤感的事儿有三:失眠,落枕,午夜航班。"

飞机经停无锡的当子,季深夏打开手机,在朋友圈里写下了这句话。

那是午夜十二点,一个说不清到底是终结还是起始的微妙时刻。一分钟后,清脆声响从手机中传来,深夏点开朋友圈,就看到一条评论:不是去沈阳吗,怎么变成了无锡?

留言人——顾境北。

她的手指突然间一阵颤抖,可还是用最快的速度敲下了两个字:经停。

朋友圈里再也没有信息传来。

十分钟后,空姐举着提示关机的牌子告诉大家飞机即将起飞,可深夏却仍留恋地盯着那个消息栏。

它一片空白,他再也没有回过来。

直到隔壁座不悦的目光传过来,深夏才尴尬地关了机。

飞机很快轰然升起,外头是寂静的夜。

她知道不久后将会发生什么,就在这个寂静的黑夜里,她将会抵达曾经梦寐以求的地方,见到曾经梦寐以求的人。

可一颗心却也在这寂静的夜里,和飞机呈相反方向地,坠入十八层地狱。

- 十天前 -

在过去的十天里发生了这么一件事:十九岁的少女季深夏爱上了二十九岁的顾境北。用她自己的话来概括,这就是一场"活生生的蝴蝶效应"。

气象学家爱德华说过,亚马孙河流域的一只蝴蝶偶尔扇动几下翅膀,可以在两周后引起得克萨斯州的一场龙卷风——这就是"蝴蝶效应"最原始的解释。

而在大半个月之前,某天,深夏因忘了买一袋雀巢,从宿舍重返学生街的超市,结果因再一次忘了自己究竟想要买什么,她在超市门口徘徊良久,最终再一次空手回到宿舍。十五分钟后,她揣着一张写着"我要买雀巢"的字条,在三顾超市后终于买单成功。

用顾境北后来的话说,这些画面他"恰好全都看到了"。

于是几天后,深夏接到了医学院教务处主任的电话,告诉她说有个叫顾境北的催眠师在了解过她的情况后,想重金聘她来做一个临床试验。

深夏以为自己听错："顾境北？您说的是那个'顾境北'？"

"对，就是那个'顾境北'！"

看，她竟然因为一袋雀巢而见到了传说中的"那个顾境北"——这个在医学院和心理学院无人不知的大才子，纵使毕业那么多年了，也依旧在学校的校园史、杰出人物栏上被讴歌过一遍又一遍的人——他竟然让教务处主任来告诉她，他想见她！

这不是蝴蝶效应又是什么？

主任试图解释清楚顾境北想见她的原因，可那厢话还没说完，这厢深夏已经了然地接了口："他发明了新的催眠法，是吗？"

主任吃惊道："你怎么知道！"

她憨憨一笑："因为他是催眠师啊，而且，还是会研发催眠术和催眠药物的大催眠师。"

这真是一个神奇的职业。用官方版本来说，他们可以用催眠术帮助别人解决生理、心理上的各种困扰。而顾境北的本事比普通催眠师更高一筹——他负责研究"解决这些生理、心理上的困扰"的方法。

于是就这样，她见到了传说中的顾大才子。在才子位于城市边缘的工作室里，他着一身白大褂，立于无数瓶瓶罐罐和奇怪的仪器中，身材颀长，气质冷峻、淡漠。

主任说："嘘，安静，他正在做实验。"

于是深夏安静地在角落等了他三十分钟。直到主任自己等不及先走人了，这个白大褂才发现旁边有人："季深夏？"

他没什么表情地走过来，看她的眼神如同看那些仪器："我研究过你的资料了，记忆能力严重低于正常水平，并偶有短暂性的失忆。而现在，我刚好研究出了治疗这种病的催眠法。"

"所以你想聘我当试验人？"

他点头："这对你也有好处。"

可事实上，深夏知道这是未必的——不仅是她，所有学医和学心理学的人都知道。听说这款催眠法叫"蝴蝶效应"，据说"配合药物可以忘记任何你想忘记的事"，"谨遵医嘱可以改善记忆力"，它从两年前就开始研发，可去年"研发完成"后，却让那倒霉到家的试验者在受过催眠后，丧失了人生里的大部分记忆。

于是，它被改进，重新投入使用。

于是，她在今天见到了他。

深夏用了整整一分钟来看顾境北的脸，这样一张棱角分明的脸，英俊、白皙，带着微微的年少得志的冷傲——这一张脸，这样颀长的男子，原来，他就是传说中的顾境北啊。

深夏轻声问："当这个试验人，有变白痴的风险吗？"

桀骜的眉顿时一皱。

可很快，又松开了，因为深夏在看他皱眉时又迅速补充："如果没有，那、那就成交吧。"

- 八天前 -

看，季深夏就是这样一个姑娘：胆小，随意，记性差。再加上"不够美""不会打扮"等原因，在顾境北找上她之前，她的生活里还发生过这么一件事：一个公开追了她三天的同系男生在体会过以上特点后，果断放手，而后改追起英语系的系花。

这事儿在医学院里几乎人人皆知——同学们都觉得深夏实在是霉运缠身。

所以那天当顾境北问"除了聘用费全额还有没有其他要求"时，深夏认真地想了一下："我们系后天就是期末晚会了，最后一个环节是跳舞，可我找不到舞伴，你可以当我的舞伴吗？"

顾境北想也没想："抱歉，这个不行。"

"哦，那就没了。"她摸了摸鼻子，似乎为自己的冒昧而羞窘。

其实之所以会这么要求，是因为听说那个同系男生将会带英语系的系花去跳舞。那样的场合她不去吧，同学会在后面议论纷纷，去吧，又只能收到更多同情和笑话兼具的目光。

十九岁的深夏为这等无聊小事而苦恼。

可事实上，她无须苦恼。两天后，晚会还没开始，她就被顾境北一通电话call（叫）到工作室："九一街那家咖啡厅里有卖藻盐咖啡，给我带两杯过来。"

深夏以为大催眠师有要事，买了咖啡就匆匆赶过去。谁知他却只说了句"这咖啡不错，尝尝"，然后，用了半个钟头和她沉默地、面对着面，喝起了咖啡。

深夏很疑惑，虽然咖啡的确很不错，独特的咸味奶泡让人从心底漾起温柔，可顾境北却在喝光咖啡后站起身："走吧，我载你回学校。"

"啊，没其他事了吗？"

"没有。"

"那你叫我过来是……为了什么啊？"胆小的她在他冷冽的一

瞥后，最后那几个字只留在舌尖。

不过很快答案就水落石出了。车子一路开到A大医学院，就在教学楼下，顾境北突然踩了刹车。深夏还莫名其妙着，他已经下了车，甚至过来替她打开车门。

那是下午五点钟，教学楼"门庭若市"的时刻，深夏只觉得无数目光突然全往自己身上射过来。而令这些目光更上一层楼的，是不远处突然响起的惊喜声："境北？"那声音顿了下，确定了来人后道，"哎呀，真是大才子啊！"

哎呀，是医学院教务处主任！

电光石火间，方圆二十米内的眼睛全齐刷刷地往这边射过来——"境北"？

"那个顾境北"！

所有人全都感到不可思议，却又佯装无意地看着被"传说中的顾境北"牵下车的女子，看到她正是传说中医学院的"笑柄"时，那一张张脸再也笑不出来了。而引起这万众瞩目的人反而朝她一笑，口吻再平淡不过地说："先回宿舍吧，我和主任聊一聊。"

深夏还在错愕中，似没反应过来顾境北的用意。于是他俯首到她耳旁："这样，你晚上就不用去参加晚会了。"

无限亲密的举动令周遭的低呼声更甚，深夏的脸涨红了，呆呆地走了几步后，又听到身后提高的声音："晚上那聚会就别去了，你妈让我回家吃饭。"

- 七天前 -

一句话落下，季深夏便光明正大地缺席了当晚的晚会。

不过话说回来，她的母亲并没有在A市，据外婆说，她住在遥远的沈阳，她是一个技艺精湛的医生，被上级调到北方"救苦救难"。

关于母亲的传说自有记忆以来就是这样，关于父亲呢……嗯，好像并没有什么传说，这个角色似乎从未在她的生命中存在过。

所以当顾境北在第二天问"你妈不是让我回去吃饭吗？"时，深夏有点为难地瞅着他："你是认真的，还是开玩笑？"

照理说这应该是玩笑，昨儿一句说给众人听的话哪能作数？可偏偏这话配上顾大神这张冷峻高傲的脸，深夏怎么也找不出这是开玩笑的痕迹。

果然，大神说："我从不开玩笑。"

深夏更为难了，垂头想了半天："要不……我代替我妈妈请你？"

自从母亲离开后，她就学会了做许多菜，外婆说其中以宫保鸡丁的口味为最。顾境北很配合地同意了，甚至考虑到去深夏家可能不方便，还主动提供了自家厨房。

于是这天下午，他先开车载她到九一街买了两杯藻盐咖啡。吃饭的时候，深夏问他为什么对这款咖啡情有独钟，顾境北说："你难道不觉得一口咸香咖啡一口宫保鸡丁，这种搭配美好得让人热爱生活吗？"

她微微错愕，夹宫保鸡丁的手就这么停在半空——这句话，怎么会是他这种人说出口的呢？他的标准回答应该是"咖啡提神""味道不差"之类的吧？

可一口宫保鸡丁入口，再来一口咸味的奶泡，香咸甜辣在味蕾中混合成一支美妙的交响曲——真的，美好得让人爱起这千疮百孔的生活。

显然顾境北看出了她的想法，一口咖啡入肚后，他又说："当然，这话不是我说的。"

"那是……"

"从前认识的一个女孩。"

- 六天前 -

大神一定也是有过去的，在说起那个女孩时，他的神情原来可以那么温柔。

可一秒钟的温柔后，这家伙又做了一件极其冒昧的事——在自己那杯咖啡喝完后，他看了眼深夏杯中剩下的三分之一的咖啡，人家还什么话都没说呢，他就手一伸，将她的咖啡都倒进了自个儿的杯里。

"哎……"深夏错愕，看着他理所当然、面不改色，甚至还是那么冷峻又高傲地，喝掉了原不属于自己的咖啡。喝完之后，他淡淡地瞅她一眼："我会补偿你。"

补偿？怎么补偿？

第二天深夏就知道了。

顾境北说为了那杯咖啡也为了美味的宫保鸡丁，他决定在本学期剩下的这一星期里，每日送她上下课。尽管深夏以会浪费他时间为由委婉地说"不必"，可大神他说没关系。

其实大神不知道——哦，或者他明明知道也要假装成不知道——深夏已经因此受到了极大困扰。

在学校里，她突然间成了名人，一些原本从不和她打招呼的男生女生突然对她热情了起来："顾学长的工作室招人吗？"

"帮我问问毕业后有没有可能到他那边工作吧。"

"我懂心理学，还懂一点儿药物研发。"

……

当然，也有人变了脸色："她？顾境北怎么会看上她？"

瞬时间，从原本的平庸变成了极好和极坏。这两极分化的结果就是，越来越多的人对她感兴趣，于是乎，谣言四起——

"啊？季深夏吗？那个脑子有问题的家伙？"

"听说她妈妈很不要脸呢，活生生把她爸给气死了。"

"怎么回事？"

"不知道，反正肯定是不正经的事……"

顾境北第四次来接她时，在教学楼下等了她整整一小时。一小时后，脾气向来不好的他从教学楼一层找到最顶层，最后，才在天台发现深夏的影子。

他的怒气说来就来："你是脑袋坏了吗？让我在下面等那么久！"

可她却置若罔闻，只是抱腿坐在天台上，背对着他，一张脸深深埋在两个膝盖中间。他一走近，便见那身躯一边微微地发着抖，一边发出压抑的抽泣声。

顾境北一怔，大步踏到她面前："怎么了？"

之前所有的怒气，在这一瞬集体消失。

可深夏没有回答，那颗脑袋依旧埋在双膝间，许久许久。

这天回去时，车厢里有种尴尬僵硬的气氛。直到车子停到深夏家小巷口,她在推开车门的那一瞬,停下了动作:"你也觉得我脑袋有毛病,是吗?"

她的声音轻轻的,却如陨石坠地般,重重钻入他心口。

顾境北转过头来:"谁说的?"

她只轻轻地一笑,没再说什么,下车了。

夜很深很长,如同她消失的那条小巷。

第二天,辅导员一早就带着怒气冲冲的院长来到教室,在一群人不明所以的目光下,将几个女生带出去。

一开始,深夏并不关心,一小时后就是实验课的期末测试了,可实验要用到的那几项药品她还是有点儿记不清。

只是那几个女生被叫出去许久后,都没有再回来。

而周遭投到她身上的目光越来越多。

两个小时后,深夏终于成功想起了所有药品的名称,可测试没做完,便有个女生从实验室外冲进来,"啪"一声,伸手扫下她桌上所有的实验用品:"三八,我叫你告状!"

是刚刚被叫出去的女生!

"张莉莉,你给我出来!"院长震怒的声音紧接着响彻实验室。

"为什么要处罚我?我造谣了吗?造了什么谣?她不是脑子有问题是什么?"

尖锐的、比院长更有气势的声音在实验室里响起,衬出每个人脸上的错愕,以及……深夏即使再迟钝,却也逐渐显现而出的窘。

她似乎、大概、或许,明白这是为什么了。

实验室老师又给了深夏一个钟头,可她却满脑子混乱。周遭同学做完了实验,一个接一个地离开了,最后,就连老师也去了办公室,她却仍站在实验台前,瞪着桌上的东西。

许久后,外头走廊上又传来沉稳的脚步声,有什么人进来了,他慢慢走近,最后,近得她都能闻得到他身上特有的剃须水夹杂消毒水的气息。

深夏没有回头,只是继续盯着实验桌:"是你让院长出面的吗?"

身后人没有正面回答,只说:"我来接你。"

"可我还没做完实验。"

"我等你。"

季深夏曾经看过一本日记,一个女生记载了她爱上自己的催眠师的心情。催眠师是个喜欢喝咖啡的大哥哥,两人刚认识的那会儿,他正在研究一种控制记忆的催眠术,每天要工作十六个小时。于是她每天到九一街买他最爱的藻盐咖啡,带着她亲手做的宫保鸡丁来到工作室:"有没有空一起吃饭?"

"可我还没做完实验。"

"我等你。"

我等你,我等你。

一字一句,都和现在那么相似。

一股烧焦味突然蹿入鼻腔中,开始深夏并没在意。直到"砰"的一声,一道炸裂声响起,有玻璃崩裂成碎片,她突然被一股巨大的力道拽到好几米外,随即那力道又扯住她奔出实验室。

"砰!"

一道巨大声响后，火光突然映满眼前的整个世界。

深夏还没反应过来，一道咆哮声就盖到她脸上："季深夏，见鬼的你做个实验都能走神？要是我不在你怎么办！"

她惊呆了，可并不是因为那片熊熊的火光，而是眼前这个紧张的男人，他惊恐到身上所有的冷淡细胞全都自动破裂，就像是差一点，差一点就要失去什么最宝贵的东西。

- 四天前 -

管理实验室的老师说，爆炸的原因是酒精灯的火苗点燃了汽化的药品。第二天学校的公告就下来了：季深夏同学严重破坏公物……

她的头一下子变成两个大，处分结果要么是赔钱要么是记大过，这两者对她来说都是"不可承受的生命之重"。可公告下来不到一个小时，辅导员又将她召进办公室："你的处分被取消了。"

"什么？"

"有人替你扛下了责任。"

她的心一跳，接下来对方说了什么，她已经听不进去了，唯一做得出的反应就是拿起手机拨下那个逐渐熟悉的号码："是你吗？"

那头的人正在做实验，抽不出神来思索深夏没头没尾的问话，可深夏却很坚持："是不是你替我扛下责任的？"

那人想回答，可才开口说了个"是"字，就有"砰"的一下，一道玻璃爆炸的声音伴着顾境北的低咒传了过来。

深夏一惊，下一刻，耳里只余电话被掐断的声音。

从学校到顾境北的工作室有半个多钟头车程，途中她不知对司机喊了多少次"快点！求你了，再快一点"。车子抵达顾境北的工作室门口，她以前所未有的速度猛地冲进去。

还好，他没事——不仅是他，整个工作室都没事，完全没有她想象中的残垣断壁，唯有几根试管的残骸被堆到一边。

可她的双手，什么时候已经发着抖抓到了他身上？抓得这样紧，紧得令人羞窘。

深夏有点尴尬地松开手，大脑迟钝地转了好几圈后，才说："我只是想问你，为什么要替我扛责任？"

顾境北没有回答。

工作室里还残留着一股化学品的气味，他将一罐透明药物递到深夏跟前，一时间，她怔住。

可顾境北却依旧什么也没说，只是脱下白大褂，往外走去。

一路上，沉默如常。

这是第几次了呢？第几次在他的车上，这样静、这样不敢多说话地望着前方？她只敢偶尔以眼角偷瞥他，却每一次，都看到他坏脾气的眉和抿得死紧的唇。

直到车子在一家川菜馆前停下，顾境北才开口："这里的宫保鸡丁做得很好。"

她的眼定在那个熟悉的门店招牌上，久久也移不开。

在深夏曾看过的那本日记里，爱上催眠师的女孩就曾带她的催眠师来过这里。她有一个差劲的胃，所以母亲不让她吃辣——即使是宫保鸡丁这种等级的辣。可那天，偏偏就在这家川菜馆里，他们遇到了她的母亲。

那天她本已经做好了挨骂的准备，可谁知大哥哥却往前一步站到她前面，对着她母亲说："伯母，是我让她陪我来的。"

"伯母"两个字咬得那么那么重，重得让她母亲已经涌到嘴边的批评一时全吞了下去，讪讪地看着自己的女儿说："那、那你少吃点。"

那天的女孩在日记上写道：妈妈看大哥哥的眼神，呵，多么的恐惧。

"为什么永远都这么胆小？"突来的声音将深夏从回忆里拉了出来。她回过神，就看到皱眉坐在自己对面的顾境北。

"什么？"深夏一时没反应过来。

"那瓶药——实验室里怎么会有易炸药物！那个叫张莉莉的临走前放下的是不是？你明明知道为什么不告诉学校！啊？"拳头用力地往餐桌上砸，"砰"的一声，震惊了四方。

深夏一句话都说不出口，甚至连头也不敢抬起。即使宫保鸡丁在不久后就被送上来，可，谁还有心思去理它呢？

那本在床头柜最隐蔽处发现的日记里，女孩记载了大哥哥对她发脾气的那一次："为什么不敢告诉你奶奶？明明你爸是因为撞破了你妈的外遇才会出意外，为什么你不敢告诉所有人？为什么要让所有人都以为你爸是为了把你追回家才撞的车？为什么要让你奶奶恨你？"

"为什么你妈妈明明做了那么可耻的事，可你却硬是要替她向全世界隐瞒？为什么你妈妈明明都坏得托我用副作用不明的新催眠术催掉你的记忆了，你还硬是认为她是个好母亲？"

"季深夏，你永远都那么胆小，那么蠢，对自己那么不负责任。"

"季深夏，你这个白痴！"

- 三天前 -

沉默地吃完川菜后，顾境北送她回去。还是在那个小巷口，下车前深夏轻轻开口："不要生气了，好吗？"

可她没得到回应，车子迅速地在月色下走远。

第二天她又发信息给他：我请你喝藻盐咖啡，好不好？

后面那句"不要再生气了"，她没敢打出来。

顾境北很久都没有回信息，深夏无奈地关了手机去考试——离放假只剩两天了，各科考试正在有序进行。然而就在考试结束走出教学楼时，她却又发现，不回自己信息的顾境北已经驾着他的爱车等在了那里。

深夏顿时雀跃了，尽管顾大神的冷脸依旧摆着，可到底还是开口了："要你亲手做才够诚意。"

深夏只觉得自己的脑子从来没有转得这么快过："好！"

他要喝她亲手做的藻盐咖啡，尽管他知道她总是将咖啡煮得一塌糊涂——奶泡永远不够咸，下面的咖啡永远不够浓郁，可他不介意。

当然，既然要喝她亲手做的，地点就得选在他那拥有进口咖啡机的家中。

几分钟后，公寓里已然弥散着醉人的咖啡香，深夏在料理台边上忙活着，而顾境北则坐在沙发上，静静地看着她。

"你做过的最蠢的事是什么？"日记里，女孩这样问过她的大哥哥。

大哥哥说："是搁下工作室里的所有事，跑回家里看一个咖啡煮得很烂的女生煮咖啡。"

"什么嘛？把我说得那么差劲！"她嗔怪他般瞪他一眼，那张脸看上去是那么的快乐。

可事实上女子知道，第二天就是临床试验了，母亲拜托大叔用那款叫"蝴蝶效应"的催眠术，将她目睹的车祸场景自记忆里清除，以免有一天，她突然管不住自己的嘴，说出丑陋实情。

可大哥哥真的会这么做吗？这个女人——这女人可是从他母亲手中将他爸爸抢走、破坏过他家庭的人啊，对于这种人的女儿，他真的只会催眠掉该催眠的东西吗？

是的，是的，其实她都知道的，母亲做过的最无耻的事，除了导致爸爸出车祸外，还有破坏了大哥哥原本和睦的家。所以这一个成熟矜持的男子，他怎么会对胆小、没个性又长得不够美的她感兴趣？他接受请求，接近她、天天和她黏在一起，无非是为了给私奔到北方的那两个人一个教训。

而那个教训就是——

"做了这个试验，我的脑子会坏掉吗？"

他的手一颤，就在临床试验的工作室里，那些配合"蝴蝶效应"的药丸一颗颗滚到地上。

"算了，坏掉也无所谓的。顾境北，如果可以让你把对我妈妈的气都撒在我身上，那就撒吧。爸爸已经没有了，我只剩妈妈了，我……希望她幸福。"

咖啡做好后，深夏先尝了一口，很不好意思地摇摇头："还是很难喝。"

可顾境北却没有发表意见，一杯喝到底。

深夏很满意他的表现，捧着自己的那杯慢慢踱到他面前："我们什么时候开始做临床试验？"

"等你期末考完。"

她点了点头，表示没意见，只是神情有那么点古怪。在明亮的日光灯下，再次观察面前这张脸——英俊、白皙，带着微微的年少得志的桀骜，和日记里形容得那么那么相似。

许久，她又开口："顾大神，我想问你一个问题。"

"嗯？"

"如果催眠师将一个女生弄成反应迟钝并有严重健忘症和失忆症的半脑残后，突然有一天又找上她，说要治好以上症状，你说，他那是什么心理？"

顾境北一怔，像是一时没反应过来，也像是料不到深夏会这么问。蓦地，他瞪向她，握着咖啡杯的手突然僵在半空。

而她只是静静地看他，唇角怯生生的笑还是维持着，就像是在问一个和自己没多大关系的问题。

可过了许久，都没有得到回应。

"我猜，"最终还是深夏先开口，将咖啡杯轻轻搁到一旁，声音也轻轻的，"是因为听说私奔到北方的那对男女要正式结婚了，催眠师心理不平衡，所以想再接再厉，将狐狸精的女儿彻底弄成脑残，对不对？"

"你在胡说些什么！"顾境北终于怒气冲天地站起来，高大的身躯显得那么强势,"季深夏,你到底知不知道自己在说什么?"

"我不知道。"她还是那样微笑,可眼眶里却突然蓄满了泪。

- 两天前 -

在那本日记里,当女孩在最后一刻的临床试验上揭穿他的阴谋时,大叔一贯冷淡的表情终于破裂,尴尬、气愤、痛苦、惊慌……无数情绪飞速从脸上划过,可最终他还是动手了——残忍如同原计划。

而这一次,他的回应却这样沉默,没有再去接她上下课,不接她电话,不回她信息。

她在短信里告诉他:"她毕竟是我妈妈,所以那个婚礼,我还是想去参加。"

他没回。

"我想去沈阳参加他们的婚礼。"

他没回。

"不要再生气了,好不好?"

"……"

"我收回昨晚的话。"

"……"

"我参加完婚礼就赶回来。"

"……"

"我真的很害怕你的这种沉默。"

"……"

"我爱你。"

最后一条不知羞耻的短信发出去后,手机里只剩下无休止的沉寂。

- 终 -

飞机在凌晨一点半抵达沈阳,北方的夜深沉而清爽。

深夏等飞机一着陆就马上开机,手机反应了好一会儿,才传来有朋友圈回复的提示。她迅速点进去——

"催眠试验安排在十天后,这一次的催眠术是打算推广到全国的,所以你放心,它一定会治好你。"

公事公办的口吻,冷漠而疏离。

深夏永远也不会知道的是,其实这条信息已经在发件人的手机里躺了整整两天,从那晚她"拆穿"他开始。一如她不知道,在和顾境北阔别的这一年里,他依旧每天工作十六个小时,只为快点再快点,研究出这款改善记忆的"蝴蝶效应"。

因为催眠"成功"的那一次,他的车悄悄跟在出租车后面,尾随这个记忆中枢紊乱的女生来到她家外面的小巷口。明明离家只剩三分钟路程了,可下了车后,她却迷茫地站在路口,像个不知所措的孩子。

那一刻,他胸口一堵。原来那颗被复仇欲念挤满的冷硬的心,还能那么痛,那么痛。

深夏在朋友圈里回复:好的,婚礼一结束就回去。

然后她关了手机,扔到包里。

母亲已经等在机场外,看到她之后欣喜得只差没掉下泪来。其实深夏也知这欣喜并非完全冲着自己——这个自私又离经叛道的女人,她是多么渴望得到全世界的谅解,而无疑深夏的到来,能够给她这种错觉。

所以她加快脚步,所以她露出笑容,所以她连带着对母亲身边的那个男人也露出微笑。

看,他虽年老,却依旧英俊、白皙,脸上桀骜的神情和某人是那么相似,相似得让她突然想起那一天,她走进工作室,看到那高高立于万千瓶瓶罐罐中的男子,看到那张脸——那时候她想:是你,原来是你。

原来十八岁那年,她爱过这样一个男子。

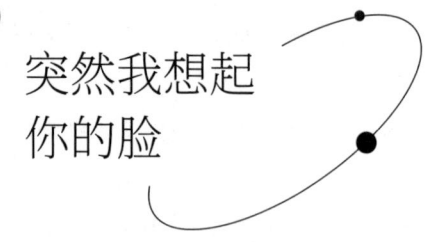

突然我想起你的脸

/ 楔子 /

我住在万花庄园的老别墅里。

我养一条西巴犬。

我拥有全市最繁盛的花园。

我一个人,以为一生就这么过。

直到有一天,

我遇上你。

——阿真

- 突然我想起你的脸 -

那对男女推门而进时,我就看出了他们来未涵居的目的。

果然,一坐下那男子便说:"尹医生,电话里提过的香精我已经带来了，今天就催眠吧。"

我微笑："真的想忘记'那件事'？"

女子点头："是。'那件事'一直缠着我，可现在我们要结婚了，"她将手亲密地挽入男人臂弯里，"我一定要将'它'忘记，开始新生活。"

每个人都有想忘记的事，所以"未涵居"永远门庭若市。我看向对面的男子，他有一张严肃的脸，一双冷峻的眼，还有满满的孤寂存在于眉宇之间。

在女子随助手到催眠室做准备时，我貌似不经意地问他："严先生，你爱她吗？我是说，你爱即将和你结婚的妻子吗？"

男子一怔，并在电光石火间，完全是下意识地，握起了双拳。

这一瞬，我突然想起了阿真的脸。

- 阿真 -

阿真是我的供货商——别笑，我虽然开的是心理咨询室，可很多时候，我的治疗仍需辅以有医疗功效的精油，而它们，绝大多数都来自阿真。

只是有一天，她突然带着一个香得醉人的小瓶子，坐到我面前："尹医生，我今天不是来送货的，我想和你讲一个故事。"

"然后？"

"然后请你用这款精油，帮我剔除掉关于'那件事'的所有记忆。"

她面色苍白，原本就美得如梦似幻的脸此时更显神秘。她说："尹医生，我住在万花庄园，你知道吗？"

所以，这是一个发生在万花庄园的故事。2013年，盛夏七月，在黄昏。

门铃声传进屋时，阿真正埋首于一大堆瓶瓶罐罐里。空气中弥漫着植物的天然气息与萃取后的香混杂在一起的味道，她闻声站起时，被周遭扑鼻的香硬生生地醉了个趔趄，可心情是愉悦的。她想：很接近了，这醉人的味道，真的已经很接近了……

她一边想着，一边走到外头。

按门铃的是一名陌生的男子，在夕阳温存的照耀下，眉宇间堆起微微的不耐烦。

只消看一眼，阿真就知道了他按铃的原因。果然，一看到阿真他就开口："小姐，这附近有药店吗？"

"你受伤了？"她"哐当"一声拉开了老式铁门，防范意识缺乏得令人错愕。门拉开后，男子淌着血的脚映入她的眼帘："被狗咬了吗？"

"一只疯狗！"他眉皱得更紧，垂头看向止不住的血时，忽略了阿真在听到"疯狗"二字时，一闪而过的微窘神色。

这个被"疯狗"咬了的脾气不太好的男子，后来她知道了他的名字叫"严司漠"。

司漠感到错愕，A市的治安这么糟，她一个单身女子，竟在看到他受伤时，想也不想就开口："我家里有药，要不你进来，我给你包扎一下吧？"

完全不怀疑他是不是另有目的，简直单纯得令人震惊。

不过更令他震惊的，还是进门后看到的景象——花，到处是花，万紫千红，热烈芬芳——她这庭院里至少养了几百种花草！只是穿过庭院走进屋，迎面扑来的香气以及周遭密密麻麻的试管，让司漠瞬时间反应过来："你是调香师？"

她淡淡一笑："爱好而已。"

可他不信这只是爱好。

那股香，浓烈，醉人，却稳定。传说中普通人的鼻子可分辨五千种气味，可他严司漠发誓，即使罗列出这辈子的所有记忆，那里头也绝对没有库存过这一款香。

阿真很快就将药箱取出来，止血药剂多得令人疑惑。

可严司漠关注的重点并不在药上，他抬头看了下周遭："你一个人住？"

她轻轻点头。止血药剂还搁在药箱里，她打开一个香气醉人的小瓶子，将里面的液体涂到他的伤口上。

他竟一点儿痛感也没有，只是问："不怕？"

"怕什么？"

"怕我是坏人。"

这下子，那唇边的笑扩大了，她微顿了顿涂着不知名液体的手："我会调各种迷药、安眠药和毒药，你信吗？"

当然信。这空中怡人的气息，在踏进来的那一瞬他就在想，那究竟是迷药还是毒药："那现在给我涂的这个呢？"

阿真轻声道："曼陀罗花汁。"

"不是吧！"

- 黑色曼陀罗 -

"人人都以为曼陀罗浑身剧毒，所以，人人都不喜欢它。"听到这儿,我笑着说了句。

阿真亦微笑。

大概是想起了男人当时的表情吧,她唇角的弧度看上去那么温柔:"没有人知道,其实它是很好很好的花,值得被世人珍爱。"

"《本草纲目》有云:'八月采此花……阴干,等分为末,热酒调服三钱,少顷昏昏如醉,割疮灸火,先宜服此,则不觉痛也。'也就是说,我给你涂的曼陀罗花汁起的是麻醉作用,因为待会儿要上的药会让你很疼,来,先睡一觉:一、二、三……"

他睡了过去。

醒来时伤口已经包扎好,奇怪的是,竟一丝痛感也没有。屋外有阿真说话的声音:"这几瓶香精的包装比较容易受损,运输时一定要小心,不然客户会给差评的……"絮絮说了几分钟后,司漠大概可以肯定了,这女子在淘宝上开了家精油店,而她说话的对象,正是快递小哥。

只是当她工作完毕走进屋,司漠的眉头又皱起——从屋外踏进了一高一矮两个身影,那矮的:圆圆的、肥肥的,鼻子尖尖的,尾巴翘翘的——见鬼的不正是下午咬了他的棕色西巴犬吗!

可阿真的样子看上去比他还郁闷。见他拢眉,她尴尬地站在那儿,看看他的腿,又看看西巴犬的嘴,好几秒后,才小心翼翼地说:"这是我们家……呃,赖皮。"

是,果然很赖皮!

趴在阿真身旁,西巴犬早已不复下午袭击他时的勇猛,大抵是察觉到了主人的尴尬,此时的它就像是个知道做错事的小朋友,听到阿真低斥:"快去给人家道歉!"便灰溜溜地踱到严司漠腿旁,讨好地蹭着他没有包扎的另一条腿。

可司漠才不吃这一套:"下午会放我进来,就是料到了始作俑者是它吧?"

阿真尴尬地笑笑,看看赖皮无济于事的讨好动作,再看看他不为所动的脸,半晌后道:"这位先生……"

"严司漠。"

"是,严司漠先生,那个……你的伤口我一定会负责治好,至于精神上的补偿,只要你开口,我一定……"

"我要一瓶曼陀罗花汁。"

"呃,什么?"

"精神补偿。"

男人竟对曼陀罗花汁有兴趣,后来仔细想,大概就是在那一刻吧,计划已自他心中隐隐地升起。

阿真给了他一瓶曼陀罗花汁:"麻醉用的。"又附送了两瓶薰衣草精油,"帮你在这几天更好地入眠。"而严司漠只给了她一张名片,便被不知何时停到老别墅外的车给接走了。

"G-X首席执行官,151××××××××,住址:……"

简约名片上只有短短三行字,可她没看完,便将它搁到了瓶瓶罐罐中的某一角。如此的随意,不过是以为此生和他再也不会有交集。

可谁知,一个星期后,她又翻箱倒柜地找出了这名片,以最快的速度出现在名片上的住址前。

那是一栋蛰伏于闹市的双层别墅,令人惊讶的是,走近它,竟觉得闹市原来也可以这么幽静。

可阿真却毫无欣赏的闲情。

一看到严司漠开门,她便急急地问:"是不是你带走了赖皮?"

是的,赖皮已经失踪了整整三天!三天来,她发了疯般在万花庄园找了一遍又一遍,无果,却在今早的淘宝订单上,在那短短一周内就向她订了无数次精油的客户的信息上,看到了严司漠的名字。

瞬时间,她扔下手头所有事,用最快的速度赶到了这里。

严司漠看上去一点也不惊讶,他甚至说:"比我料想的慢了一天。"

"什么?"

"还看不出来吗?我在等你。"

大门拉开,安安静静的别墅花园里,赖皮正在一大片青翠的竹间玩一只球。不过三天,已自在地在此处活出了一片新天地。

他说:"进来吧。你来得正好,我正在研究你的精油。"

果然!那些精油都在他这里。穿过花园来到大厅,阿真就看到一条长桌上摆满了瓶瓶罐罐。他的确是在研究着什么,整个大厅香气四溢。见她面露疑色,严司漠开口:"你的精油给了我灵感,这两天,我都在配一款带有催眠功效的晚霜。"

"晚霜?"

"我们公司是做护肤品的。"

哦,原来"G-X"是护肤品公司。

只是"催眠晚霜"……护肤界真有这样的概念吗?

瓶瓶罐罐似无秩序地摊在长桌上,最中间的那一瓶,正是他那天向她要的曼陀罗花汁。司漠的长指在桌上比了一圈:"这些全是仿照中间那瓶做出来的，从薰衣草到天竺花，所有具有宁神功效的花我都试过了，却没有一个能匹敌你的曼陀罗。"

阿真不明白他的意思，就像不明白他将赖皮带过来，继而引她来此的目的。

疑惑神色仍挂在她脸上，看笑了长年在精明人物中周旋的严司漠："还不明白？"

她点头。

"来，我带你去看点东西。"

原来别墅另一边还有一片花园。和方才那一片青翠竹林全然不同，这一边，竟是黑亮的、整齐的、香气醉人的一大片，微风一拂，便有熟悉的气味席卷而来。

"天，黑色曼陀罗！怎么会有这么多？"她震惊得捂住唇。

"临时托人从国外移植过来的。"他不知什么时候已来到了她身后，"喜欢吗？喜欢的话留下来帮我，这一片花园，都属于你。"

- 合作 -

"他的意思是，让你帮他研发那款催眠晚霜，就以曼陀罗为原料？"我知道了。

她点头。

未涵居里静悄悄的，这一个下午，我让助理取消了所有预约，只有阿真的声音在缓缓流淌。

"他让我过去的目的，就是请我制出可以加到晚霜里的催眠精油来。"

"可那时你不是才刚接到纪芳丹·若勒的offer（录取通

知)？"我掐指一算，没错，正是那一段时间，法国著名的香水学院向阿真发出了录取通知书，"那严司漠这边……"

"我接受了。"

可其实，一开始她是拒绝的。

那男子就在她身后，温热气息那么近，却带着某种危险的侵略气息。她下意识地想，是否一同意，长久平静的生活就会被掀起惊涛呢？

可后来，大概就是在他送她回家的路途中吧，她又改变了主意。

入夜后的郊区，行人寥寥无几，可当严司漠开车路过此地时，却遇上了一起抢劫案。凶悍的男人抢了妇女的钱包就要跑，还好严司漠眼疾手快，一把将车横停到他面前，车门一开，撞倒了凶神恶煞的抢劫犯。

那一刻，说多惊险就有多惊险！

阿真吓得心都快跳出来了："严先生，你知道这么做有多危险吗！"

那车子就横在抢劫犯面前，就差一点点，就要撞上他了！

可严司漠却没有回应，黑着脸将钱包还给妇女后，一声不吭地又发动了引擎。

阿真只觉得他在生气，可气什么呢？她不知，只好眼观鼻鼻观心，坐在那儿，安静地让他载回去。

直到车子抵达目的地，在万花庄园前，他才打破了沉默："十年前在那一个地方，我也被抢劫过，和我妈妈。"

阿真一怔，原本欲下车的动作停了停："严先生……"

"在那场事故中我失去了妈妈。后来我总在梦里看到那年的场景,看到血从她肚子里涌出来。十年来,我没有一晚睡过好觉,直到用了你给我的曼陀罗花汁。阿真,这就是我想用曼陀罗来做催眠晚霜的原因。"

她静静地坐在那儿,整整十分钟,毫不夸张。

他不知那十分钟里她脑海中究竟闪过了什么,更不知她的表情从震惊到难过最终转为痛苦是为了什么,只知第二天,一大早便门铃声大作,他打开门,就看到一个人拉着一条狗,静静地,伫立于清晨的阳光里。

"其实那一款曼陀罗花汁并不是最终的产品,我想做的是一款安全的催眠精油,可我还没有调配成功,如果你愿意等我调配好……"

"我愿意。"他声音低低,在晨光中,微微笑。

严司漠当天便将阿真带到"X-G",这家在国内称得上是老牌的护肤品公司,人员配置早已经趋于完善,所以,当他宣布让阿真加入研发部门并委以重任时,公司里立即有流言蹿起。

可两人都不理会。

那天,阿真拿着一小瓶曼陀罗花汁准备去找他。花汁是新调配的,和之前的相比,催眠功效有了点改善。只是她手还没碰到门,就被里头的争吵声止住了动作——

"就一个淘宝上卖精油的,你竟然把最重要的产品交给她做!就为了一个来历不明的人,你要和整个研发部的老员工对着干?"那是严爸爸的声音,亦是这公司里真正的大老板。

阿真伸到木门上的手,突然垂了下来。

然后,她听到了严司漠不亢不卑的声音:"是来历不明的人,可也是我看上的人。"

"那江琴呢?"

他沉默了。

又听到了这个名字,自她来到这家公司后,一次又一次,她总听到这个名字——

"不会吧?老板和那个叫阿真的真是那种关系?那江琴怎么办啊?"

"不会吧?老板喜欢那女的?还比不上江琴的一个手指头呢!"

在茶水间,在洗手间,在研发室外深长的走廊上,这名字一次又一次地传入她耳中。

下班时他如往常般送她回万花庄园——对,这也是众人对他们指指点点的原因:哪有做老板的天天亲自送员工上下班的,这哪是普通的雇佣关系啊?

在红灯前,当车子与前方车辆一同停下时,她突然问他:"江琴是谁?"

"我的未婚妻。"

阿真愣了一下。

他说得毫不犹豫,也不带有丝毫不妥的神情——也是,有什么好不妥的呢?他和她原本也不是公司里所传的那种关系啊。

只是心里不知为何,竟腾起了股凉意。阿真看向车窗外,夕阳陨落,日居月诸,她大抵是一不小心就习惯了这日日有他接送的生活了。

几十秒后红灯停,绿灯亮,阿真仍没有回过脸来。严司漠踩下油门时,突然又说:"其实婚事是家里面安排的,我一直没拒绝,只是因为没有其他想结婚的对象。可现在,情况似乎改变了。"

她搁在腿上的手指突然间打起颤来,其实该克制的,其实不应该这么放肆的,可最终,她还是任由愚蠢的问题逸出口:"为什么?"

"为什么?是啊,"他苦笑,"阿真,你说为什么?"

- 爱是克制……吗? -

后来在《后会无期》里听过袁泉说,喜欢是放肆,但爱是克制。

不知阿真是否听过这句话,只是故事听到这,我脑中骤然浮起关于爱与克制的问题:"后悔吗?我是说,后悔那时没有克制住自己的感情?"

阿真轻笑着摇头:"我已经很克制了,真的,后来的我,真的是用尽了全力。"

从"曼陀罗花汁"到"曼陀罗精油",原来需要经过那么多复杂的工艺。后来严司漠干脆在家里布置了一间实验室,就在那片黑色曼陀罗旁边,只要阿真一有空,或者阿真不想去公司,他便将她载到这里来。

于是不久后,这房子里便常常出现如下画面:他在大厅的长桌上研究瓶瓶罐罐,她在实验室里研究瓶瓶罐罐,只不过,大厅里的人动不动就会搁下手头的活儿往实验室走,有时他站在门口,看着背对自己的纤细身影,一看就是大半个钟头。

目光炽热。

而她呢?总是努力地想装成自己并未知觉,可捏着试管的手却紧得透露了心事。

那一天,是实验做累了吧,他将躺椅拉到后花园,一躺,便在月色与满院的曼陀罗香中睡了过去。

也不知多久,阿真突然听到花园里传来痛苦的呓语:"不、不……妈妈,不要!不要……"

她迅速跑出去,就看到严司漠正紧闭着眼,痛苦地挣扎在陈年恶梦中:"不要伤害我妈妈……不要……"

"司漠!"她用力摇醒他,双手贴上他手臂时,才发现做着恶梦的他浑身绷得好紧:"司漠,司漠!"

他睁开眼。

然后,分不清是梦境还是现实,他双臂一伸,紧紧地将她抱进怀里:"不要离开我。"

那一瞬,她只觉得全身僵硬。周遭满是曼陀罗的香,浓郁的,醉人的,如梦似幻的。

而那双有力的手一动不动地锁着她:"不要离开我。"

"司漠,你知不知道……"

"我知道,你是阿真。"

原来他知道,原来,他知道。

一时间,她丧失了所有的气力,原本伸到两人中间、准备要推开他的手软软地滑下,在这个微凉的,有着月色和花香的夜里,她的心突然间,那么深那么沉地坠到十八层地狱里。

屋内传来了三三两两的脚步声,可阿真竟一点儿也听不到。除了他和她的心跳,她什么也听不到了。

直到后花园的灯被"啪"地打开来,严爸爸夹怒的声音在两人身后响起:"严司漠!"

她一惊,回头,看到了花园门口站着的一男一女。

那是她第一次见到江琴,漂亮却苍白的女子。乍见她时,脸上莫名地闪过了道惊异:"是你?"

可很快,又恢复之前愤怒的样子。

氛围瞬时间尴尬,还是在这个有着月色与花香的夜里,突然之间,她成了最不该存在的人。

那晚严司漠没有送她回家。他在屋子里和严爸激烈地争执着什么时,阿真悄悄地退出了门,一个人,在闹市里走了好久。

从稠人广众走到形单影只,一路上行人越来越少,在漫长的路途中,她一遍又一遍地问自己:阿真哪,你究竟是在做什么呢?

直到午夜,她才回到万花庄园,却是彻夜难眠。曼陀罗香再醉人,也安抚不了她混乱的思绪。直到天际发白,迷迷糊糊要入睡时,她的手机又突然间响起。阿真拿过来,却只是一动不动地握着,任由刺耳的铃声在房里回荡。

响了一遍,停了,又响一遍,又停。第三遍时,她才按下接听键。

然后,听到他疲倦的声音:"出来,我想见你。"

他在大门外。

几乎是一拉开门走出去,纤细的身子就被他拉过,锁进厚实的胸膛里。

"阿真,"他的手轻抚在她发上,"阿真……"

开了那么久的车,在门外坐了一晚,却似乎只是想来叫一声她的名字。

"阿真，要不然、要不然……我们试一试？"

汹涌的泪突然冲出她眼眶。

这算什么啊？或者说，爱到底是什么啊？是你一次又一次地对自己说你要矜持，一次又一次为自己打造起最结实的外壳，可他一出现，一招手，从前做过一亿次的防御工作又瞬时土崩瓦解，你又回到了那个不矜持也没有结实外壳的自己。

他微微一笑，伸出手，你从此坠入了地狱。

隔天进公司时，严司漠一路牵着阿真的手，几乎连声明也不需要，"X-G"上下便风起云涌。丑闻如同打破瓶的香水，气味四溢，可不知为何，江琴没有再露过面，严爸爸也没有再露过面。

然而全世界却仿佛都知道了他们的事。

几天后，阿真到导师那去交论文，这位曾极力劝她要到法国去深造的老太太踌躇了良久，终于开口："没有接受纪芳丹·若勒的offer，就是为了这个人吗？"

她没有回答，只是静静地垂下头，听导师叹气："你这样糟蹋自己，对得起你爸爸吗？要知道在每一个清醒的日子里，他活下去的唯一动力，就是你啊。"

很明显，导师并不赞同她与严司漠在一起。也是，这样的关系，这样的背景。

"阿真，你真的确定他不知道你是谁吗？"

她原本正眼观鼻，鼻观心，听到这句话后却倏地抬头："导师……"

"你大概不知道吧，其实好几年前严家人就来找过我了，严老先生想请我研制一款安全的催眠精油，你知道是为什么吗？"

阿真点头："因为司漠继'那件事'后就一直……"

"不，不是他，"导师的口气充满了怜悯，"孩子，严司漠的失眠症并不算严重，真正需要那款催眠精油的人，是江琴。"

- 旧事 -

"江琴？"故事听到这儿，我越来越觉得这名字耳熟——江琴，严司漠，严司漠，江琴。天呢！我想起来了："他们不就是当年在万花庄园被抢劫的人吗！"

突然之间，我把这一切都串起来了，连十年前轰动过整个A市的那桩抢劫案，一同串起来了：2005年，一名贵妇带着她的儿子和邻居家的女儿到万花庄园来野炊，却遇到一名躁狂症患者。那患者到底是想抢什么东西来着？后来再也没有人知道了。世人只能从报纸上得知，在对抗过程中，已经失去了理智的精神病患将牛排刀插进贵妇的肚子里，而她的儿子，也在挣扎中被打昏了过去……

一觉醒来，天人永隔。而据说男孩之所以能活下来，是因为邻居家的女儿及时引开了精神病患的注意力并偷偷报了警——那对轰动全市的少年，就是严司漠和江琴。

"可是尹医生，你知道那名精神病患者是谁吗？"

"难道是……"我一惊。

阿真合上了眼睛："是我爸。"

她原以为这一切都是命运，当年在那场事故中，一条宝贵的生命倏然陨落，而十年后，命运将他们再度安排在一起。所以在第一次听到原来他就是当年的男孩时,她想帮他,带着对过往的愧疚感帮他;在看到他"痛苦挣扎"于她与江琴之间时,她想爱他,带着对过往的愧疚感爱他。

所以无论面前路途多么曲折、多么艰难,她都以为她要做的,不过是咬紧牙关。

可原来,原来不是那样。

原来那一年爸爸闯下的祸,还是以另一种方式要求她偿还了。司漠,你一开始接近我,为的究竟是什么呢?

从导师那儿出来后,阿真还是回到了G-X的研发部。曼陀罗精油的研制已经进入最后调配阶段,司漠依旧每日接她上下班,在她不想到G-X时,送她到他家的实验室。

日子如同往常,简单而温馨。他依旧会在工作疲惫时来到实验室门口,目光温存地看着她的背影,在有月色与花香的后花园里,轻吻她的脸颊。

而她,就像是从来也没听过导师的那一番话。

直到那一天,依旧是他送她回家,时值傍晚,车子快开到万花庄园时,她突然开口:"停一下。"

严司漠对这一个地段有多厌恶,她是完全可以想象的,这就是当年爸爸用牛排刀害死严妈妈的地方啊。夕阳温柔地下落,可余晖再温柔,也抚平不了当年的伤。

"你还记得那时是怎么从那个人手下逃脱的吗?"不知在车内沉默了多久,阿真终于开口。

司漠说:"是江琴引开了他的注意力,报了警。"

"她说的?"

"嗯。"

她垂下头，轻轻地笑了。

最后一丝霞光终于从天际消失，黑暗笼罩了天空。原来，黑白交替是这样轻易的事。阿真抬起头，认真地看进他眼里："你知道吗？当年那个抢劫犯是个严重的狂躁症患者，那天他从精神病院里逃出来，其实是为了给他的女儿过一个生日。"

他的拳头突然间紧紧握起。

"他在你们的餐布上看到了蛋糕，他以为那蛋糕是他女儿的，他已经精神错乱了，他伤害了你们……可你知道吗，自那以后，每一天他都活在和自己的较量中，每一个清醒的日子，他一觉醒来，最想做的事就是去死。

"这就是，我研究曼陀罗的原因。

"这么多年来，我一直想研究出一款催眠精油，配合催眠术帮他剔除掉那一段记忆。可是司漠，我还没有研究成功，就遇到了你。"

她的声音轻轻地，缓缓地，就像在讲一个古老而不合时宜的故事："可是司漠啊，你明知道我是他女儿，却还是接近我，明明需要催眠精油的人是江琴，你却说是你。为什么呢？是因为想报复吗？还是因为你以为，杀人犯的孩子是可以随意欺骗的？"

他浑身一僵，在黑暗彻底笼罩了万花庄园时，突然间，看不清她脸上的表情："你知道了。"

是啊，她知道了，早该知道了。

可阿真没回答，只是静了片刻后，转身打开了车门。

离家还有百米远，可她推门下车，在细瘦的身躯融入黑夜前，说："我们……就这样吧。"

也是在那天，阿真研究了整整十年的曼陀罗精油，调配成功了。

- 催眠 -

"所以你今天带着这瓶精油来找我，就是想拿自己当小白鼠？阿真，你明知这精油是为江琴调配的……"

"也是为我爸爸调配的。"

我沉默了。

当年那起轰动了全A市的伤人事件，我一直以为，它改变的是两个孩子的人生，可原来不止，原来在十年之后，它即将扭转的，是三个人的命运。

"你想让我帮你催眠掉什么？"

"催眠掉2005年，我做的一件其实很勇敢的事。"

"什么事？"

"在爸爸神志最混乱时引开他的注意，打了120和110，救了司漠的命。"

"不是江琴打的？"

"江琴？她逃命都来不及了。"

呵，这个黑白不分的世界啊，我还能说什么呢？

阿真的催眠做得很成功，一觉醒来，她轻松地离开了未涵居，临走前还告诉我："对了，纪芳丹·若勒的offer我应该会接受，导师劝我好几回了。"

我微笑："你本来就应该接受。"

是的，要不是中途跑出个严司漠，她早该到法国去了。

几天后，又有一对男女拿着一瓶曼陀罗精油来找我。两人的档案已在我桌上搁了许久，情况亦在电话里沟通过——是的，那想要做催眠的，就是江琴。

江琴曾目睹过严妈妈被害的经过，江琴曾惊心动魄地和精神病患者斗智斗勇，江琴为了救严司漠差点儿丧命在精神病患手中，于是这么多年来，当时的阴影始终笼罩着她，她被那道阴影折磨得夜不能寐，她需要这一款催眠精油帮她忘掉那一切。

是的，在江琴的资料里，他们这样告诉我。

"江小姐，你确定资料里的内容都属实吗？如果有不符合实情的地方，可能会影响催眠效果哦。"果不其然，话落我便看到她白了一张脸，于是我招来助手，"看来江小姐还需要再确定一遍资料的真实性，你先带她到催眠室确认。"

是的，这就是我的目的。那女子离开后，我才能好好地、仔细地，打量这名曾在阿真口中出现过无数次的男子。

他叫严司漠，有一张严肃的脸和一双冷峻的眼，还有满满的孤寂存在于眉宇之间。

我一边看着他，一边拿起那一瓶精油："你听过曼陀罗的传说吗？"

在那个古老的故事里，掌管大漠之水的神爱上了一名凡人，上帝震怒，决定要灭掉水神的灵魂。可深爱他的曼陀罗向上帝一再地求情，最终上帝为曼陀罗的痴情所感动，只把水神贬为凡人，又罚曼陀罗从此剧毒满身。自此，沙漠无水，曼陀罗也成了被诅咒的花朵。

"严先生，其实我一直在想，这故事到最后，到底水神知不知道曼陀罗为他所做的付出呢？"

水神也许永远也不知曼陀罗做了些什么，就像严司漠在听完这个传说后，冷峻而疑惑的表情——他永远也不会知道，究竟，阿真都为了他做了些什么。

我告诉他："调配出这款精油的人，前阵子来做了一场催眠。我想你有权知道，她被我催眠掉的，就是关于你的所有记忆。"

那一瞬，严司漠如遭重击，整个人瘫了般地往椅背上跌去："你是说……"

"阿真。"

沉默横陈在这方小小的咨询室里。有某一瞬其实我是想告诉他当年那些事实的，可他的表情出乎我意料地沉痛，

那是生命中所有好景皆丧失时才会有的沉痛。而他就坐在那儿，露出这一副表情，许久后，才开口："也是，忘了我，她应该会比较开心。"

其实我不敢保证阿真会开心，可至少忘了他，她便不会再伤心。

咨询室的门很快又被打开，助理进来说，江小姐已经准备好了。

我站起身，离开前突然又想到一件事："对了，阿真和江小姐都想催眠掉那件事，你呢？要不要也做一次催眠？以我的专业判断，我是建议你——"

"好。"我话未说完，他已经开口，"好。"

我一时之间，竟不知道该如何接口。

"你知道吗，她一直以为我是为了报复，可其实不是的。原本我只是想去看一看那个人的孩子，可是尹医生，你能明白吗？其实我从来都没想过要报复的，只是在看到她的那一瞬，在感情脱轨的那一瞬，我下意识地，"他合了下眼，"替自己找了个冠冕堂皇的借口，

说我要接近她,因为,这是她欠我的。"

而事实不过是,他受她吸引。

就这样简单。

"尹医生,都清了吧。"既然她想要遗忘,她想走出去,那么,他便陪着她遗忘,在另一个方向,和她一起走出去。

旧事……就让它成为旧事吧。

就这样,这一个下午,我连续做了两场催眠:帮江琴忘了她曾经那么卑鄙地弃严家母子于不顾,帮严司漠忘了他曾爱过一名叫作阿真的女子。

就像水神忘了曼陀罗,未来漫长,她是好是坏都不再与他有任何关系了。

经年以后,他是落入凡间的水神,她是受过诅咒的女子。也许未来严司漠将泯然于众人,也许阿真未来将成为香水帝国最负盛名的华人调香师,可届时,无论她、他、她,谁也不会再记得,那一年,曾有一名叫"阿真"的女子守在万花庄园,有那么一瞬,想过为了一个男人和一件旧事,消灭她自己。

就像水神忘了曼陀罗,后来,你也忘了我。

- 终 -

我原以为守一座花园,养一条狗,一生也能过去。

谁知这一生中,我又遇到你。

——阿真

你知道"希可芮-拉芙"的含义吗？

- 慕慕 -

她是我所有病人中最特殊的一位，我指的是，病情。

第一次在未涵居相见时，我便知这女子正在承受着梦游的困扰。每到夜深人静时，她总要从床上爬起，睁着眼带着一颗处于睡眠状态的脑袋绕到市中心，逗留一阵后，再原路返家。

日复一日。

"这种情况一直不见好，越拖越严重……"陪她来的中年男人是本市大名鼎鼎的房地产商，多少报纸杂志争相采访过他，可在女儿的病症前，亦无助得如同世上所有的父亲，"怎么办，尹医生你告诉我该怎么办？"

那时我推荐了一款自制的药剂，叫作"希可芮-拉芙"。

后来她陆陆续续地来了我这里好多次，直到梦游症被治愈。

可谁知，在病愈的一年之后，她又来到了未涵居。

就在昨晚我打算关闭工作室的大门时——有个抑郁症严重的顾客在这儿和我谈到了深夜，可顾客前脚刚走，夏慕后脚便进来，将一张喜帖递到了我面前。

依旧是多年前那样的恬静微笑，没等我开口，便轻声问我说："尹医生，你知道'希可芮-拉芙'的含义吗？"

希可芮-拉芙，Secret-Love，能是什么意思呢？

我叹了口气："秘密的爱，或许，你也可以理解为'暗恋'。"

可她双目无神，平静得连叹息也没有，只是觉得好奇怪地又问了我一遍："尹医生，你知道'希可芮-拉芙'的含义吗？"

- 阿森 -

其实希可芮-拉芙并不是我研发出来的。制出这款神奇药剂的，是曾经在未涵居兼职的工读生阿森。可受他之托，这一点，我始终也不曾和夏慕提起过。

一切源于她最初向我诉说过的故事——

十八岁时，她是恬静内向的高三女子，穿朴素的校服，扎简单的马尾辫，笑容甜美，晚上睡觉时总爱蜷着身子把脸埋在被窝中，心理医生说，那是缺乏安全感的表现。

他是校园里的风云人物，长得帅，性子冷，三分扣篮全校无敌，纵使上课时一颗脑袋总要栽在手臂上，考试成绩也从来都差不到哪儿去。

然后，不知从什么时候起，她的日记本里开始出现三个字：何昱森、何昱森、何昱森……

那是他的名字。

所以你看出来了吗？这是一场关于暗恋的故事。

暗恋者与被暗恋者的头一回交流，其实挺莫名其妙的。那天语文老师要求大家都写一篇《雾都孤儿》的读后感，这个本该如往常般打瞌睡的男生竟不瞌睡了，突然抬起脑袋举起手："关于孤儿我想做一点补充，在中国，大多数的孤儿之所以会成为孤儿，并不是因为父母过世或是什么天灾人祸，而是因他们一出生就被发现了天生的缺陷，因此被遗弃。但是大家必须知道，残疾的生命也是生命，父母遗弃了他们，可是社会不能遗弃！"

完全不符合他日常高冷风的话，惹得四座瞠目。当然，暗恋者夏慕也在瞠目的行列中。

可让她更瞠目的是，就在同一天，打死她都想不到的事竟然发生了——下课时何昱森竟朝她走过来，明明是同窗两年多都没说过话的"同学"，明明是长期隐于她日记本中的男生，可这一刻，他手一摊，将一袋巧克力递到了她眼前："星星要给你的。"

是，浪漫童话中的场景，有王子、灰姑娘和巧克力。

可现实中的灰姑娘却不懂得该把握浪漫："星星？"

疑惑的表情令他皱起眉："就是昨晚在MUMU商场外面和你说话的那个女孩子。"

"啊？"

"怎么，嫌我们星星丢人？"他有些怒了。

可那张错愕的面孔上只显示着一条信息——你在说什么？星星，

谁是星星?

再次开口想询问时,男生已不见了踪影,徒留下周遭冷冽的气息。

你看,她这么笨,连那么有纪念意义的第一回聊天都给搞砸了。

但还好,第二回的对话很快又到来——这次倒没有那么莫名其妙了,却是掺入了几分诡异。

就在何昱森攥着巧克力愤怒离去的当晚,他又见到了她。

午夜十二点的市中心,MUMU商场已沉睡如同浸入深海中的船,没有灯火。何昱森刚从打工的未涵居里走出来,便看到星星又和那翻脸不认账的女孩儿待在一起。他冷哂了一声,目光冷冽地走过去:"不是不认识我们家星星吗?"

可那女子竟看也不看他一眼!

"喂……"

没"喂"完,胳膊突然被一只手揪住了——不知打哪儿冒出来的中年男人对他比着手势:"嘘,别说话!"何昱森莫名其妙地看看他,再看看那女子:睁着眼,会说话,可表情却平静得如同在睡梦中……

"难道她……梦游?"

男人无奈地点了一下头。

真是见鬼了!接近零度的冬夜,她竟然只穿了一件薄薄的睡袍便出来"梦游"?那男的竟也不知给她加衣服!

何昱森拉住了梦游中的夏慕,中年男人一急:"别碰她,梦游被叫醒会死的……"

"再这么冻下去她才会死!"到底有没有常识?

他拉起夏慕的手,将那只连神经末梢都已然沉睡了的手小心翼翼地伸进水池里。中年男子急得直冒汗,可突然,却见他女儿在触到了水后颤了一下,然后,慢慢醒了过来。

"水容易让梦游者联想到溺水、死亡的情景,释放出负面的紧张激素,从而使他们从梦中惊醒。夏伯伯是吗?你看,夏慕醒了。"

醒来的夏慕有些茫然,眼甫睁便看到那张存在于日记本中的脸:"我在做梦吗?"

"不,你刚醒。"

她一惊,竟真是何昱森的声音!只是,转头看到周遭诡异的景致:爸爸在,何昱森在,还有一个看上去好像和她挺熟的陌生姑娘……一股迟来的疑惑闯入她的思绪里:"难道我……"

"梦游了。"何昱森的声音依旧淡漠而严肃。

MUMU商场的隔壁有家心理咨询室,他递了张名片给夏爸,说或许那里面的心理医生能帮她。

第二日在教室里相遇时,夏慕自然又想起了昨夜的事。那时早自习的铃声刚响过,他刚走进教室,她便友善地递出了一个微笑。可谁知,这家伙竟连看也没看她一眼,像个陌生人似的走开了。

尴尬瞬时爬上了她的面颊,配着周遭四起的窃笑声:"呵,她真的是自取其辱呀,竟然敢和何昱森打招呼!"

谁不知这家伙向来最不爱理人?

可是,她大概真的是有点弱智吧?竟然给忘了。

夏慕自嘲地笑了笑,心中不是没有失落的。

- 星星 -

可令一众窃笑者跌破眼镜的事就在几天后发生了。下课铃响时，众人仍在收拾书包，一道身影突然来到了夏慕身旁："星星想你了。"

是何昱森。

夏慕一时竟没反应过来，直到他不悦地提示"梦游时陪你说话的女孩子"，她才睁大眼："真的吗？她在学校吗？"

"在家里。"

"咦？"

就这样，她跟着他回家了。"剧情"跳跃得令人措手不及，只因何昱森说了一句："星星发烧了，嚷着想见你。"

她便跟着他，回了"家"。

那是离未涵居不远的一套小公寓。小，真的很小，不到四十平方米的公寓里却离奇地住了十几号小朋友。

"这就是你家？"夏慕好吃惊——十几号小朋友里竟然有一半残疾。有的瘸了腿，有的少了胳膊，有的智力低下；甚至有一个孩子不知患了什么病，歪着嘴不停地流口水，见到了新鲜的面孔，突然激动地朝夏慕奔来，吓得她"啊"地低叫了一声。

然后，迅速被何昱森拉住："毛毛，不准没礼貌。"

动作温柔，口吻温柔，温柔得全然不像平日里的他。

"你和他们很熟吗？"夏慕有些好奇。

"当然，这里大部分的孩子都是我带大的。"

"啊！"

"怎么？"

"你……"她咬了一下唇，在脑袋里努力搜索认识的形容词，最终说，"好厉害！"

而他，竟低低地笑了。

那是她第一次见他这么笑，愉快的，自豪的，阳光的，和平日里的冰山酷脸完全不一样。

她竟有些看得呆了，直到他调侃的声音响起："怎么，爱上我了？"

"哪、哪有？"夏慕立即心虚地移开眼。

星星的房间在最后一间。原本她已迷迷糊糊地睡下了，可听到夏慕的声音，又睁开眼，"姐姐、姐姐"欢喜地叫。

"她小时候受到了惊吓，虽然现在长大了，智力却一直停留在当年。"离开星星房间时，何昱森说。

"弱智吗？"夏慕的声音有一些落寞，"很多人说我反应慢，我应该也是有些弱智呢。"

"怎么会？弱智是弱智，迟钝是迟钝。"何昱森挑眉，转头看向身旁矮了他一个头的女生。她神色黯然，姣美的唇落寞地轻抿着，他心头不知怎的，突然一堵，难得体贴地转移了话题："记得去看我介绍的医生，她医术高明，应该能治好你的梦游症。"

哪壶不开提哪壶："去看过了。尹医生说，我的梦游症是小时候受到惊吓产生的后遗症，大概，和星星挺相似的吧。"

何昱森突然间停住了脚，在陈旧的走廊上，有些失态地看着她慢慢前进的身影。

"只不过她是低智，我是梦游……"她慢腾腾地走，慢腾腾地说。浅绿色墙壁开始散发出仓皇的气味。"有时反应也比较迟钝,被大家说成弱智……"冬夜冷冽的风迎面扑过来时,她终于迟钝地转过来,"你怎么不走了?"

回头,看到他眼瞳中的沉重:"怎么了?"

"你说小时候受到了惊吓,是什么惊吓?"何昱森焦急得那么反常。

可夏慕却垂下头:"忘了。"

那天何昱森将她送回家里时,已经是晚上八点多。

夏爸本来因为她这么晚回来很不高兴,可看到何昱森,一张脸又扬起笑意来。大抵那晚何昱森的表现给他留下了极好的印象:"怎么是你送慕慕回来的?"

"因为想和她讲一点梦游症要注意的事。"他撒谎的时候,眼睛连眨也不眨一下。

当然,夏爸很满意。

如此满意的结果是,一个多月后何昱森突然对她说:"我高考完后会到你爸的公司打暑假工。"

那时两人坐在夕阳渐隐的操场上,他刚打完了半场篮球赛,"咕噜咕噜"地灌着水,灌完后,将水瓶往她手上一塞:"下半场要开始了。"

结果没等夏慕问他为什么要到爸爸的公司去,矫健的身躯已经再一次融进了球赛里。

夕阳渐下,余晖亘古而温柔地洒在世间万物上,浸着他的眼,他的鼻,他在球场上飒爽的英姿。夏慕看着看着,渐渐入了迷。

十几分钟后忽闻场上的一声喊:"慕慕!"

她一个机灵,下意识地抓起水跑过去,果然,何昱森已打完了下半场,在赛场中央叫着她。

"你刚刚在偷看我?而且还看呆了?"

"啊?哪有!"

"没有?"他一边灌着她送上来的水,一边睨着她。

周遭的哨声此起彼伏,球友们一个个冲着这边龇牙咧嘴,逼得她脸上的红晕愈来愈盛。可这家伙倒好,不帮忙就算了,竟还配合着大家吹了两声长长的口哨。

"何昱森!"夏慕简直窘疯了,可想了半天也不知该骂他些什么,只能说,"下次别想再让我给你递水了!"

可两天后的操场上——

"慕慕!"

娇小的身影跃过夕阳亘古的柔光,送上他需要的水。

"不是不给我送水了吗?"

她这才突然想起来般,一愣:"明天!明天就不给你送了!"

- 在一起 -

谁会怕?

反正她是这种软绵绵又不记恨的性子,恰好碰上了他这么个"恶劣"的人,于是一个人负责捉弄,一个人负责生气和消气,久而久之,竟形成了两人间特有的相处模式。

接触愈深,夏慕便愈发觉,其实何昱森真的是恶劣得无人能及。最恶劣的那一次,是两人同在教室里赶作业时,他赶着赶着便睡着了,旁边的她许久后也停下了笔,转过头来,看着他沉睡的面容。

真是好看呢!眉是眉,眼是眼,高挺鼻梁,薄嘴唇,阳刚的眉宇之间透着隐隐的正气。

耳旁突然响起一声"咔",迟钝的她还没反应过来时,就看到何昱森突然睁开眼,笑意盎然的眸子里哪里还有一点睡意?

她正想问他怎么回事,他已经将刚刚偷拍的照片移到了她眼前:"哦,原来,这就是你偷看我时的样子啊。"

偷拍到的照片上正是夏慕白皙的脸。那时候,她正在看着什么,看得那么认真,认真得连他偷偷伸出手拍照,她都没发觉。

"原来,这就是你偷看我时的样子啊"——眼底有最纯粹的认真和恋慕,黑瞳那么亮,亮得就像是随时能溢得出水来。

他满意地看着照片中的女子,可照片外的夏慕却惊呆了:那是她最秘密的心事呀,他怎么能这样,用漫不经心的姿态挖掘出来,又用漫不经心的口吻评论?

"何昱森,你怎么这样!"

"哪样?"他竟还是漫不经心地笑着。

真是要疯了!

要是在电视剧里或言情小说里,被这么羞辱的女主角大概早已经羞愤地拂袖而去了吧?可她真笨,又笨又迟钝!霍地站起后,竟然走不到两步又被他拉回来。

"放开!"

"不。"

"何昱森……"

"你喜欢我吧。"一言堵死了她欲出口的话。

她本来是想骂他的，纵使骂人的词汇量不足，可至少还能说一句"混蛋"吧？可此时，饶是有千言万语也不可能再说出来了，因为在她瞪大眼、张大口傻愣愣地怔住时，他又低低地说了一遍："夏慕，你喜欢我吧。"

不是询问，是肯定。

然后在她还想不出该说什么时，又接下去："大家都在赌我们走不到一起，要不然，我们就在一起吧？"

"啊？"

"让他们都赌输。"

原来男女在一起，还能以这样的方式，这样的原因。

从那晚起，他开始牵着她的手。她有没有挣扎？后来的夏慕说，她不记得了，只记得他打篮球的粗糙的手指时不时故意用力，蹭着她掌心。她好久才迟钝又可笑地问了一句："为什么要和我在一起？就因为别人的赌注吗？"

"难道你不想和我在一起？"

"不是……"

"那就是想了。"他邪气地笑笑，尽管她眼里有那么多犹豫和迟疑：真的可以在一起吗？他愿意？怎么可能呢？他怎么可能喜欢这么平凡的自己？

可他邪气地笑笑，就这样，制造了属于两个人的约定。

- 明恋 -

"他习惯把控一切，你呢，脾气软，没主见，被他这么牵着鼻子走,照理说也不是不可能的。只是我想,其实啊,那时候你心里应该开心坏了吧?"

"嗯,开心得简直要飞起来了,虽然我怎么也想不通他为什么会和我在一起。"她微微一笑,故事讲到这里时,眉宇间竟还有难掩的欢喜,"知道吗尹医生,那时的感觉就是,在日记本里写了那么久的名字,今天终于能光明正大地写在草稿纸上了,而且不怕让任何人看见。"

因为他是她的了啊,眼、耳、口、鼻和名字,都是她的。

将暗恋变成了明恋,多么幸运。

那是夏慕来未涵居找我的第八次,此时她的梦游症已经好得差不多了,配合着我开出的那瓶名为希可芮-拉芙的药剂。

在酷热夏季的六月,所有高三学子都在无涯学海里准备着拼那最后一次,除了夏慕。她的任务除了配合治疗自己的梦游症,似乎就只是好好地和何昱森谈恋爱。

谁说天资愚钝不是福?天资聪颖的孩子都被寄予了太多的期望,哪里还能轻易地快乐?

高考过后,何昱森如期到夏爸的公司里打暑假工,却还不放弃在未涵居里的兼职。于是他白天在夏氏上班,晚上在未涵居上班,夏慕曾经撅着嘴巴说:"这样你都没有时间陪我了!"

他像摸小狗一样摸了摸她的脑袋:"我需要迅速成长,慕慕。"

好吧,尽管理由这么烂,她还是好脾气地接受了。

不过话说回来,何昱森的确是很迅速地在成长——他在夏爸的秘书身边学习,好些公文,其实都是他第一手整理,再让秘书第二手处理。夏爸不止一次在夏慕面前称赞他:"这小伙子真机灵!"

每当这时,夏慕总是笑得眼睛弯弯的,心里跟灌了蜜似的,因为,这么机灵的人是她的啊。

有时晚上她会来未涵居找他,看着他趴在一堆瓶瓶罐罐里做研究——其他高中生去兼职都是扫地啊、收费啊、做家教啊,唯独她的男朋友,是在大名鼎鼎的"未涵居"里帮老板研究药剂和精油。

"阿森你说,我这么蠢的人,怎么就和你这么厉害的人在一起了呢?"

多么巨大的奇迹,奇妙得令人都有些不安心。

就怕奇迹短暂,而一生,却又那么长。

他工作的时候总是全神贯注的,她便趴在附近的桌子上静静地看他,一看他稍稍有闲工夫了,就迅速地开口:"阿森,我们出去买咖啡好吗?"

"好。"

到了附近的星巴克,他问她想喝什么。

"喝和你一样的焦糖摩卡。"

"不行,你会失眠的,喝热巧克力去。"

"好。"她点头,完全信赖的样子,笑得弯弯的眼好认真地看着他买单的身影。

热可可不会导致失眠,可他手中的那杯摩卡看上去却更好喝。有一回,她终于好奇地问他:"为什么你就是一口也不让我喝呢?"

"因为咖啡对神经有刺激作用,"他看她有些郁闷,那样子似乎在说"人家早就不梦游了啊",叹了口气,"知道你最后一次梦游是怎么结束的吗?"

她摇头。

"那是高考前夕的事了。"

那一夜,当所有高考生都早早躺下,准备睡觉时,很久都没再梦游过的她竟又无声无息地下床了。就像之前的每一次,又要到市中心的MUMU商场外绕一圈。

可奇怪的是,何昱森就像是早料到了她今夜会梦游,在楼梯口及时地叫住了她:"慕慕啊……"

"阿森?"她有些迟钝地转过来,似在看他,又似不在看他。

然后,他脚步极轻地朝她走过来,牵起她,一步一步地,回到了她床上。

"慕慕啊……"

"阿森?"

"嗯,睡吧。"

就这样,她睡了过去。

原来在梦游之中,在大脑进入沉睡阶段之时,他让她感受到的依旧是清醒时的安定。

夏慕微微地笑了,原本捧着热巧克力的一只手松开来,覆上了他的手背:"阿森,我们就这样走下去,一直走下去,好吗?"

他一怔,片刻之后:"好。"

- 分离 -

好啊好,好呀好。

天晴依旧,当你安好。

可终究,还是会有不好的时候。

那天陪何昱森一起到小公寓里看星星时,兴奋的星星一直嚷着让夏慕给她讲故事。可她哪会讲什么故事?最后还是何昱森提醒:"她喜欢听安徒生的童话故事。你们慢慢讲,我写封信。"

说着就往桌旁一坐,徒留下头痛的她,对着星星殷切的目光。

好吧,只能硬着头皮讲了:"从前,有一个灰姑娘……"

许久前听过的故事东拼一句西凑一段,竟也讲得八九不离十。可就在夏慕讲到最后的那句"从此王子和灰姑娘过上了幸福的生活"时,原本平静的星星突然跳起,尖叫了一声:"骗人!"

夏慕吓了一跳,还没反应过来,温馨的画面突变,突然跳起的星星竟狠狠掐住了她的脖子:"你骗我!王子没有幸福的生活,王子最后被撞破头了!他的头被撞破了!"

用着蛮力的身子直到被何昱森死死地抱住,还在不断发着抖:"王子被撞破头了……"

"过去了,都过去了,星星不要怕……"何昱森用力地箍着她,可声音那么温柔。

夏慕站在这令人费解的画面之外,愣愣地,直到眼角瞥到了书桌上的资料。

那资料上,有爸爸的名字。

她眉心一皱,下意识便要走过去,却听到他冷冽的声音骤然响起:"站住!"

她吓了一跳,竟真的乖乖地,站住了。

等何昱森回过神来看她,已经是个把小时之后的事。他的脸色很不好,看到她脖子上的掐痕也没说什么,只是黑着一张脸往外走:

"还不跟上来？"

她心中不是没有委屈的，可更多的，却是害怕——是，他在生气，非常非常生气。

"我不是故意的。"她轻轻地拉了拉何昱森的衣角，可何昱森没理她。

许久之后，她又说："我不知道哪里做错了。"

他还是没有吭声。

直到她委屈地低囔："是她先掐我的。"

他才怒吼一声："闭嘴！"

已经快走到公交车站了，可愤怒的男生却突然停住脚，比方才更凶狠的表情蓦然闯进她的眼里。夏慕吓呆了，怔怔地看着这个冲自己发脾气的男生，怔怔地看着他双眼冒火，迟钝的大脑如何也理不出头绪——

他让她去公寓，她便去；他让她为星星讲故事，她便讲。可灰姑娘的故事原本就是那样的呀，童话里的男女最后都幸福地在一起了不是吗？

可他却冷漠地扔给了她一句："公交站就在前面，自己搭车回去。"

从前其实也不是没有让他生气的时候，可她只要嘴一撇眼一红，他总会泄了气，巧招百出地哄到她破涕而笑。

可这次，不一样了。

何昱森好几天都不理她，打电话也不接。她终究是比他爱得更多一些，两天后，还是厚着脸皮到未涵居里找何昱森，可他只是淡淡地扔给她一句:"你先走吧,晚上我还有约。"

他还在生气吗?夏慕想问,可看到他冷漠的脸时,话还是生生咽下了。

回到家时,爸爸看她一脸郁闷,好奇地问:"怎么,和阿森吵架了吗?那小子今天突然递了辞呈……"

她心中一惊——递辞呈?

下一秒她以这辈子最快的速度反应过来,又跑出了家门。

可到达未涵居时,却再也找不到他了。

接下去的几天,何昱森就像是突然从人间蒸发了一般,不管夏慕到未涵居还是他的小公寓,都等不到他。一个多星期后,还是因为尹医生的帮助,她才在一家酒吧外面拦到了他。

就像是一个世纪不见,沧海涌动,桑田变迁,眼前的他变得那么陌生,浑身附着仿佛永远洗不去的酒意与戾气。

"阿森……"她轻轻地叫了他一声,看他只是冷冷地站在那里,没反应,又问了一句,"为什么突然辞职了?"

那一刻,何昱森的眼底突然腾起了更浓烈的暴戾:"为什么?你问我为什么要辞职?"他或许是醉了,一点一点挨近她时,明明是愤怒的,唇角却勾起了一抹诡异的笑,"因为,我一开始进公司的目的已经达到了啊!"

"目的?"

"你以为自己为什么每次梦游都会到市中心的MUMU商场去?"

他冷冷一笑,就这样勾起了夏慕心中可怕的回忆。

"是因为愧疚,还是因为惊吓?"他醉了酒后如鬼魅般的声音却不放过她,"你爸当年为了开发那个商场做了什么坏事你全知道吧?

你还亲眼看见了吧?一家孤儿院,从院长到义工到孤儿们全跪在那里求他不要拆掉孤儿院,求他即使拆掉了孤儿院也至少给大家一个住所!可他呢?他做了什么?"

他冷漠地拒绝,带着一纸通过行贿、走后门、拉关系催生出来的所谓"公文",下令将孤儿院封掉!几十名孤儿的哭声沸反盈天,院长甚至以死相逼,最终——院长真的在激烈的争吵中撞上了孤儿院的大门,可他救不了孤儿院,他献出了自己最宝贵的鲜血和生命,也没能救得了孤儿院。

"你知道吗?那个把毕生精力都投入到慈善事业中的院长,就是我爸。"

她浑身颤抖,几分钟后撒腿跑回了家,只因他在讲述完所有的过往后又补充了一句:"知道吗,多亏了你,我才拿到了你爸当年所有的行贿证据。夏慕,谢谢你呀,谢谢你……这么好骗。"

回到家时,家里已经掀起了惊涛骇浪——爸爸被带走了!妈妈惊慌失措地抓着她的手:"慕慕、慕慕,他们说你爸爸行贿……"

她如坠冰窟。

何昱森说的话全是真的,他没有骗她,连他潜入爸爸的公司窃取当年行贿的证据这件事都是真的!

"放过我爸爸好不好?看在我的分上……"

"你觉得可能吗?"——打电话不接,发信息不回,几天后,夏慕终于在未涵居里找到了何昱森,可得到的却是这样的回应。

"阿森……"

"够了!你爸爸的人生是人生,孤儿院里几十个孩子的人生就不是人生吗？"他身上暴烈的酒意退去了，可凶狠和怒气却还浮在英俊的面孔上。

她好惊，好慌，就这样一直看着他纹丝不动的怒脸。过了许久，才轻轻地问："所以，你和我承诺过的永远，从一开始就不是'永远'，是吗？"

他沉默了。

那一晚，回到家的她彻夜难眠，拿着手机漫无目的地在网上逛时，在百度的某个帖子上看到了这么一则故事：男生对女生的感情渐渐转淡了，不再喜欢逗她笑，不再喜欢陪她看电影，不再喜欢给她制造各种小惊喜，甚至在他生日那天，明知她早早准备了一桌饭菜，亦不再回来陪她吃晚饭。那一夜，她一直等在他家中，等到彻底凉透了心时，给他发了最后一条短信："枉我为你一人四海潮生。"

看到这话的那一瞬间，夏慕用手死死捂着自己的唇，任由滚烫的泪大颗大颗滚落。

这故事，说的不就是她和何昱森吗？曾经逗她笑、陪她看电影，像摸宝贝一样摸着她的头的男孩，曾经能够牵动她每一寸神经的男孩，到了大仇得报时，还是收回了所有的善意。

纵使她的神经还是被他一寸一寸地牵动着，可他已经不在意那些了。

"枉我为你一人四海潮生"，到最终，原来都是她一个人的热闹。

- 终 -

夏慕问过了"希可芮-拉芙"的含义后，便转身要离开了，仿佛她来此，就是想问我一句："你知道'希可芮-拉芙'的含义吗？"

可看着她瘦弱的肩、孤独的身影，我终是不忍："其实那时候，他是挣扎过的，慕慕。"

就在夏慕准备走出咨询室时，我还是说了："在你最难过的那阵子，其实他也很痛苦的，否则不会到酒吧去买醉。可是慕慕，在一整个孤儿院的孩子面前，他没其他选择啊！十几个孩子挤在小公寓里，慕慕，他是院长的儿子，从院长过世的那一刻起，他就肩负起了这十几条生命的未来。"

所以后来，夏爸被处罚了，他的资产大半都被捐出来，用以替孤儿们建造起温暖的家。

何昱森的目的，实现了。

可谁也不知道，实现目的后他却一点也不开心。

我永远也忘不了那一天，坐在我对面的男生痛苦地将脸埋在手臂里："如果现在分开的话，她很快就会忘了我。可如果没分开，她该怎么面对她父亲呢？"

所以他一次又一次地推开她，在用自己研制的药剂治好了她的梦游后，在对她造成了无法弥补的伤害后，终于还是推开了她。

"其实，你很想她吧？"那时候我问何昱森。

"是啊，怎么会不想呢？"

他想念她的脸，她的眼，想念她软绵的性子，想念打暑假工的那一些时日，她来未涵居等他时，他问她想喝什么，她说喝焦糖摩卡，他说："不行，你会失眠的，喝热巧克力去。"

"好。"她乖巧地点头,完全信赖的样子,笑得弯弯的眼好认真地看着他的眼。

"阿森,我们就这样走下去,一直走下去,好吗?"

他明明,明明说了"好",可他没有做到。

夏慕走出未涵居时,脚步平稳,动作僵硬。直到这时我才终于看出了问题——难怪,难怪她从进门后就双目无神,对我的问话也不怎么有反应!

我心一惊,为了安全起见,还是跟着她走了出去。

她还是住在从前的家里,夏氏的资产大部分都被捐赠出去,这房子却幸运地被留下来了。我们回去的时候,夏妈妈正坐在沙发上,看到女儿回来时吓了一大跳:"你什么时候出去的!"

我立即示意她安静,在夏慕安全地回到了房间后,才对她说:"慕慕的梦游症又犯了。"

可怜的妇女崩溃地瘫在了沙发里。

房间里,睁着眼入了眠的女子重新躺到了床上。我悄悄开门进去，看着她熟睡后纯真如婴孩的面容。半晌，拿起电话走到了窗边："阿森，她的梦游症又犯了，这一回去的，是未涵居。"

他一定知晓这地方对她的意义，她在这里陪过他、等过他，她所有浓烈的爱情，都曾经发生在这里。

电话那端的男子沉默了。

我微微一笑，挂上了电话。

床上的女子依旧在睡梦中，我走过去，在她耳旁轻叹了口气："慕慕啊……"

"阿森。"而她轻轻地回话，唇角勾起温存的笑。

空气中仿佛又响起何昱森曾经催眠她的声音："睡吧。"

是啊，这就是他们曾经的入眠信号不是吗——

"慕慕啊……"

"阿森。"

"睡吧。"

是，睡吧，好好地睡吧，你要的人，或许很快就会回来了。

"晚安，亲爱的姑娘。"

Part 5

风之旅人

红与绿

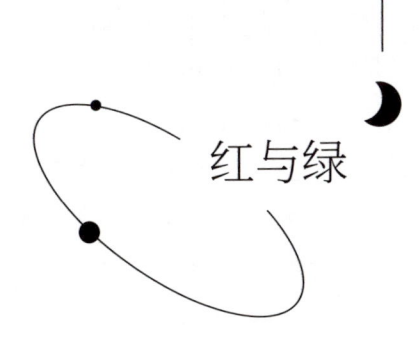

　　我早几年极爱红色,是正统的那种红,俗称"中国红",在口红界里,是迪奥的999色号,在《伦敦星光不散场》中,是尹芯辰唇部的标配色。

　　除了红唇之外,我还钟爱红色长裙,以及红色高跟鞋。蔡健雅的歌里这样唱:"你像窝在被子里的舒服,却又像风捉摸不住,像手腕上散发的香水味,像爱不释手的红色高跟鞋。"听着听着,眼前便会浮现出一双颇具气场的鞋,红色的,浅口的,后跟细细的,足有八厘米,不知多么的性感瑰丽。

　　二十岁的时候,我喜欢一切明媚的事物。于是在《加州旧事》里这样写孙余余:她穿红色的连衣裙,和耀眼的红唇妆交相辉映。花卉园里有绚丽的花蕊和扑翅粉蝶,这样美,可周迟却说:"及不上你的万分之一。"

那红衫女子的美是娇艳的，嚣张的。美到了嚣张，却不艳俗，如孙余余，如尹芯辰。这样的女子，一生注定要有热烈执拗的爱恨，爱是热烈的，恨也是。

后来喜欢上绿色——当然，我还没有将此色用到笔下的女子身上过。试想：一名着绿裙、穿绿鞋，连妆容也用绿来点缀的女子，其实装扮上稍有不慎，便容易惨不忍睹。

只是在阳光斑驳的午后看见一点绿：葳郁苍翠的树，明亮碧绿的墙，阴影和光同时在绿色上跳跃，心情便无端好了起来。

闽南在这个时候开始进入秋天。穿个薄衬衫，走在下午三点钟的街道上，穿梭在并不炽热的阳光间，偶尔看到空气中的尘埃，竟也不觉得脏。唯一突兀的是翠碧榕树下的几片黄叶，看着看着，便有了秋冬的感觉，可再抬头，树丛又是郁郁葱葱，于是那一瞬间，人便感到了温暖，仿佛一瞬之间触摸到了希望。

绿色，大概真的是生的印记吧。

前几天因事走了一趟龙岩。在长汀小歇时，友人带我走访了当年红军长征的起点——其实关于这"长征起点"众说纷纭，到外地去旅行，听到的往往又与教科书上不同。

可我想说的并不是这个。

那一天下午，朋友请了一位老兵来当我们的导游。说是导游，其实就是将他所知道的过往第N+1遍地说与我们听，如同从前教书时，我曾N+1遍地将知识点说与学生听。

可说到中间，老兵的声音却颤抖了。我不知这是他第多少次将过往展现在年轻的旅行者面前，但听朋友说，这位老兵繁忙的时候一天要讲上十几场，给小学生讲，给党校官员讲，给中央下来的领

Red and Green

导讲。日复一日，一次又一次地讲，讲到我们这儿，到情深处，依旧热泪盈眶。

我看着他的军服：绿色的。这位曾是军人，朋友说，还是烈士后代，第三代。

我问他："大叔，政府对您这样的烈士后代有什么补贴吗？"

"对烈士二代每个月有五六百的补贴，第三代没有。"老兵说。

"啊？"

许是看我一脸心疼，老兵笑了笑，说："无所谓的，真无所谓，"他说，"爷爷当年命都不要了，不就是为了国家吗？现在我们这些人，说真的，谁还在意那些？"

所有的心疼与计较，最终全化解在老兵豁达的笑容里。

离开时我向他行礼、和他握手，我说："你们这些人，其实传递的都是信念和希望。"

对生的信念，对国家的信念，对未来的信念。

我看着他身后的树，郁郁葱葱的绿，傍晚的阳光在绿之中跳跃，最终跃到了绿色的军服上。后来我对友人说："大概我的理解很天真，可这一刻我真的在想，是否在某些时刻，军服上的绿，给了战士们前进的希望？"

朋友说或许是吧，所以现在的人，要好好地活下去啊。

不是吗？世间种种的希望，有意的无意的，都是先人用红色的血铺垫出来的。

所以当你走过一片绿色的希望时，不要忘了，还有红色的过往，激荡着你脚下的每一寸土地。

红与绿，我突然间想到，原来是交相辉映的关系。

加勒，加勒

"我一到加勒，便开始哭泣。"

很多年前Cave（凯夫）同我说过。那时候我在香港念一个心理学的课程，认识了同时选念此课程的Cave——后来两人通了一年的E-mail；再后来，我写《阮陈恩静》时不经意间用了Cave的名，遭了他好大一顿嘲笑——但这都是题外话。我突然想起Cave，是因这一场在加勒发生的哭泣，如同某一种仪式，或者说，是"抵达斯里兰卡定要尝尝当地红茶"的全世界通用的习惯，在抵达加勒时，无数情绪与热泪骤然涌上我的眼眶。

于是我想起Cave，想起他说："为什么哭泣？因为在去往加勒前，我以为自己将看到的是彰显世界文化遗产的壮丽风姿，可抵达加勒后，我只看到满眼的苦难——这座古城曾经受过苦，遭过巨大的创伤，连同她的城民。"

那时我不以为然，只淡淡同他说："一抵达香港，我也想哭泣。"

"为什么？"

"学费高，生活费高，吃一份便当加饮料得五十八元人民币，我在内地只要八元钱。"那是多年前的市价。

Cave说："Shut up（闭嘴）！"

我于是Shut up了。

很多年以后我来到加勒，只看一眼，便了解了Cave全部的感情。

这一座城，拥有东方古老的风范，热带灿烂的色彩，还有西方国家留下的建筑和痕迹。许多国：荷兰、英国、葡萄牙……于是乍看上去，视觉上的冲击极其强烈，没有人会说她不好看——不，太好看了，建筑瑰丽，东西合璧，而且不论是东还是西，这些风韵都因历史悠久而有了从容慵懒的味道，东西方文化早已经浑然一体，融洽得不能再融洽。

可我依旧难过，因为每一道城墙、每一座殖民时期的建筑，都在诉说她的历史："我曾经被许多国家侵入过，我子民的血浸透过我的身躯，他们的尸骨散落在我脚下，在每个夜晚无声地哭泣。而敌人在我的身体上高筑楼屋，楼屋美丽，充满异域风情，甚至在后来的几十、几百年里为本市带来了巨大收益，可其实，它们并不属于我。它们的建造，不过见证了我苦难的历史。"

苦难成就了古城如今的风韵，而慕名而来的人，只肤浅地爱她被强披上的绚丽外衣。

那一晚，我站在加勒城堡上眺望远方的灯塔，其后用手机给Cave传了张照片。

"你也去了加勒？"Cave的微信很快回过来，他说，"这么多年来，加勒是我去过的最悲伤的城。"

其实这么些年来，陆陆续续地我也走过了一些城。于是在加勒看到荷兰的建筑、英式的房屋，内心更感凄惶：这些东西不就是我在欧洲看到的吗？为什么在这里那么密集地出现？啊，原来，这里曾经被长久地、暴力地摧毁过，也重建过，于是我们看到的都是异域风姿，城民绝大多数会说英语。

"你知道吗Cave，当年和你说'抵达香港时我也想落泪'，其实，不是开玩笑的。"

那时候我还年轻，一个人从闽南小城去到国际化的都市。我看到以往未曾体验过的文明：公共场所非常洁净，人们小声说话，注重隐私；艺术气息可在某个拐角、某座天桥上随处呈现；城市在夕阳下带着淡淡的落寞，复杂的文化气息填充在每一寸空间里。

我曾经以为我为她的文明所着迷，现在才发现，那时想落泪的原因，是她被侵占的历史。

因为当地传统文化与殖民期间的英式文化相融合，这座城市呈现出复杂的韵味：人们繁忙却彬彬有礼；拥有传统的中国习俗却又充斥着英式风情；他们对内地游客热情微笑却又带着淡淡的轻视；他们说"Yes,I can speak Chinese（是的，我会说中文）"，而后开始说粤语。

"英语确实是不如中文表述精准啦，语言的分类太丰富了。"Cave说，"我爱祖国。我爸爸是潮汕人，妈妈是闽南人，他们在香港相遇，而后有了我。我拥有香港的身份证，每年隆重地过圣诞节，也将粤语当成Chinese，但是Zoe（我的英文名），我们全家都爱祖国，和你一样爱。1997年香港回归时，奶奶说，像是从飞机上着了陆，从此你可以用双脚走回家。"

飞机未着陆之时，香港人也照旧在香港。不过人与心都飘在空中，双脚未着地，落叶未归根。

收到信息的那一刻，我还坐在加勒城堡上。邻近的海有风吹过来，白种人、黄种人、黑种人，不断从身边走过，他们拍照，大笑，用惊艳的口气说"Amazing"，他们从飞机上下来时，是"脚踏实地"的安全感，没有漂泊的无助和恐惧。

是的，战争、掠夺、厮杀、暴力——在多年后的现在，已和我们离得太远。我们脚踏着地，寻找所爱与体面的生活，头一回，身一转，脚再踏回去，便可随时走往归家的方向。

没有暴力与战争。

我说："感谢这一刻的和平。"

Cave说："感谢为和平而努力的每一个人。"

你看，这太平盛世中纵有小我的凄惶与无奈，有新世纪的压力，可至少——

"你从飞机上着了陆，从此可以用双脚走回家。"

亲爱的与陌生人

许是因我性格里的孤僻,总会在众生喧哗时,下意识地绕道而行。却又喜欢在旅途中与陌生的有缘人进行交流。比如在九寨沟的某一晚,见到客栈院子里的新加坡女子——她坐在院子中央,对着没有星芒的高原夜空,抽了大半夜的烟。

走过去坐到她身边,无须刻意找话题,两名失眠的旅人便从分享一包烟开始,分享起了彼此的旅行经历。分享至大半夜时,不知不觉,话题已经从纯粹的旅行经历分享过渡到彼此经历过的各种事,甚至人生观、价值观、对这世界的希冀与愤怒,这些都一一道来。

她说:"真奇妙,人总是会下意识地对陌生人倾诉最真实的想法。同你说的这些话,我从未对我的朋友、同事甚至亲人说过。"

"你知道吗,在更早一些时候,我们这边流行过这么个说法:和相爱的人吵架,和陌生人说心里话。"

她问:"是因为和陌生人说话时毫无负担吗?"

"我倒更愿意理解为,是因为越是相爱的人越是不容易敞开心扉,因为理解一个人的苦痛,很多时候就意味着必须同时包容与接受他的不堪。可越是相爱的人,越是希望你进步,或许因为太爱你,或许,因为太爱他自己。"

就像父母总希望孩子好好学习,弥补自己曾经没有好好学习的遗憾;就像男子总希望女友温柔贤淑,能替他孝敬父母,因为他自己太忙;就像亲密的朋友总希望你一失恋就能迅速走出悲痛,因为她不忍看着你悲痛;就像你身边所有的好友都会奋力拉住你,不让你往一个很可能会失败的坑里跳,因为他们不愿让你受到伤害,因为他们担心你一旦跌下去后便再也爬不起来,因为他们爱你。

于是,这一些爱你的人,注定无法成为一名冷静的旁观者,无法在你奋不顾身地想往某个坑里跳时,设身处地地考虑你的心情——因为爱你的人们考虑你的未来与得失,总多过于考虑你此刻的心情。

可我们却能在陌生人那里,得到设身处地的安慰——

"半年前,我在新加坡那边办了停薪留职,此后开始在中国旅行。因为我的祖父是中国福建人,自他过世后,这半年来,我把他曾经走过的路完完整整地走了一遍。所有人都不理解,真的,都不理解。"

可我理解。

那时候,我脑中骤然浮起的,是某年在曲靖开读者见面会的那个早晨,我接到爸爸的电话,说爷爷过世了。

而我为什么没有在前一晚与爷爷通电话?为什么出门的前一周没有去探望他老人家?为什么这两年来因为工作忙,越来越少与他

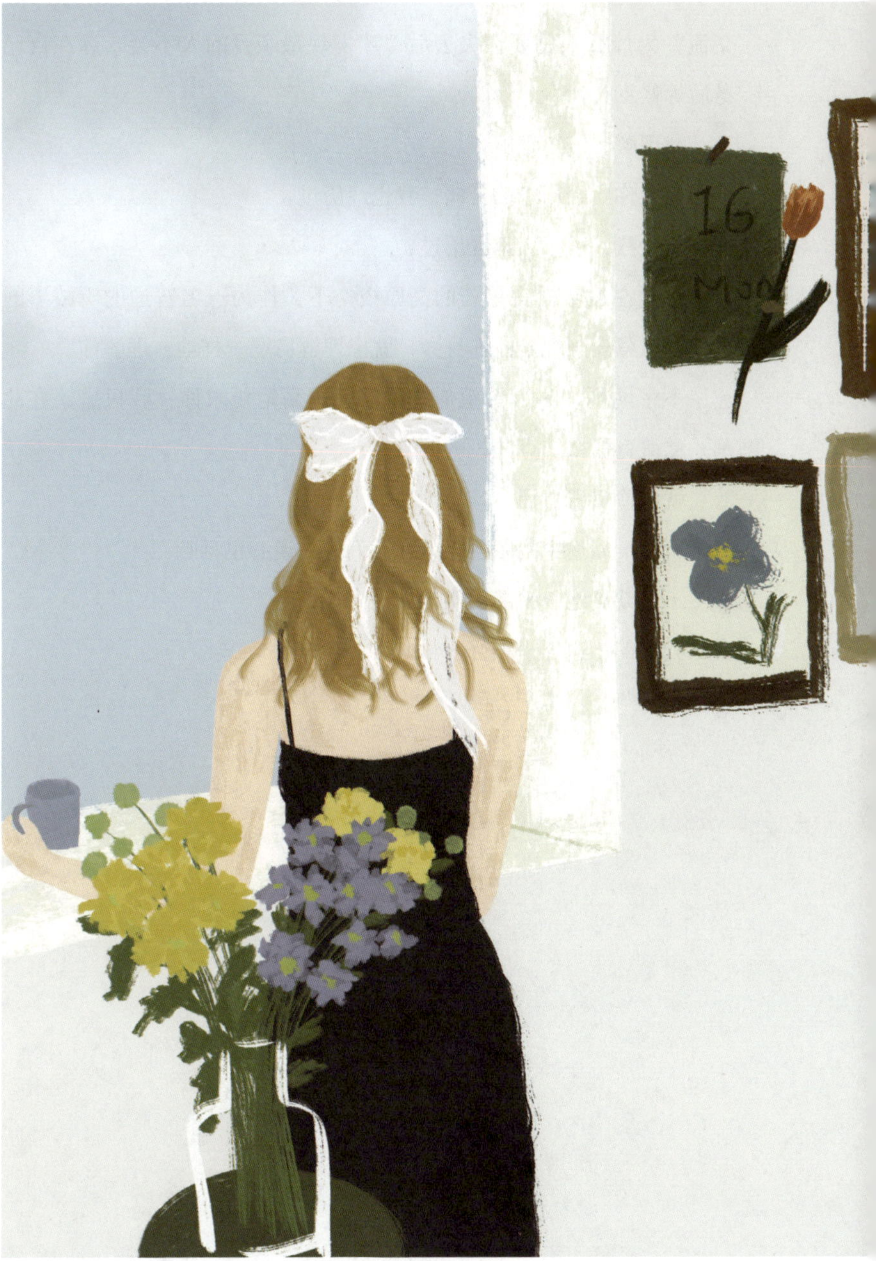
16

交流？为什么人总要在失去后，才发现最亲爱的人不会永远在自己身后等候？

我理解，统统理解。

因为你所经历过的苦痛，我也经历过。

不止我，很多人都经历过。

于是在这个没有星芒的高原夜空下，作为一名普通的听故事的人，我愿意安静地坐在你身旁，就像理解自己一样地，理解你。

不带期冀，不因希望你过得好而过高地要求你，我只是，在此刻，觉得有那么一点儿……怜惜你。

就像怜惜我自己。

所以，旅途中的陌生人，让我们说一说心里话吧。

不带期冀地，平静温柔地，说一说话吧。

我觉得，这样子很好。

嗨，中国人！

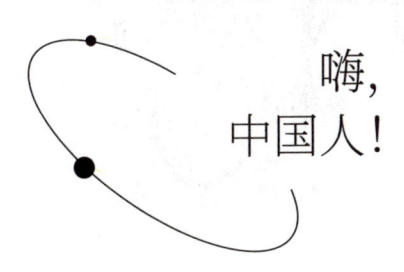

离开英国伦敦的前一天，我和朋友用了整整一个下午，将租来的房子打扫得干干净净。

这是一套位于伦敦中心区的小公寓，本来在租房时我们就已经同房东说好了："任何清扫工作都由我们来付费、你们来负责做。"可离开这套公寓前，我与朋友对视了一眼——只一眼，一切尽在不言中，然后，我们还是开始了清扫房间的工作。

其实那一眼所隐含的内容很简单，不过是这阵子在街头巷尾发生的种种无足挂齿的小事：在过马路时，红灯亮了，可偏偏路人们见没有车子开过来就继续往前走，只有我们俩，在每一个红绿灯路口坚持遵守着全世界都应该遵守的交通规则；在博物馆外面捡到外籍游人掉落的物品时，我们追上去归还，对方感激地同我们说了"Thank you（谢谢你）"后，又和他的同伴说"Maybe Japanese

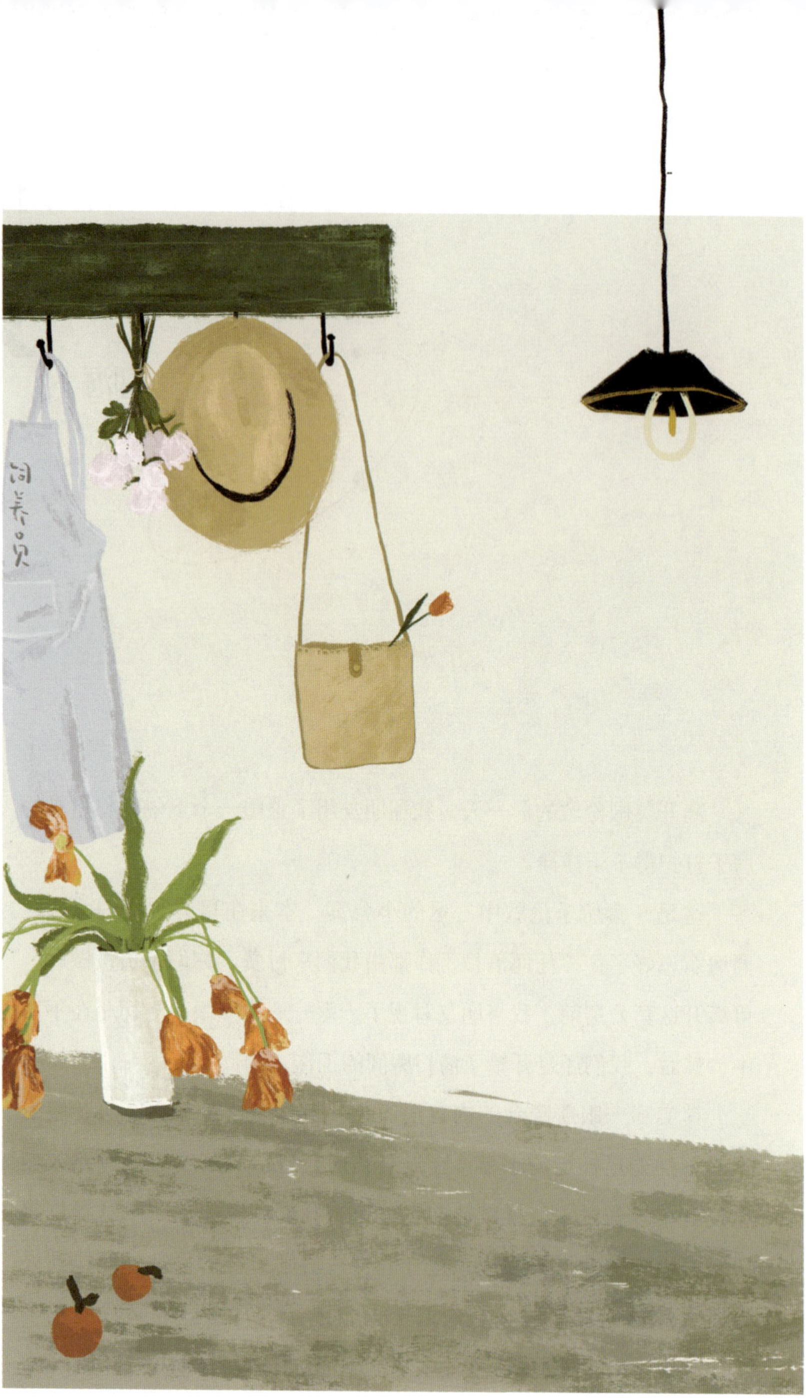

（可能是日本人）"，我们特意回过头，对他们说"No，Chinese（不，是中国人）"。

笑一笑，表明自己的国籍。

那一刻，不知同行的朋友是什么感觉，反正我发自内心地觉得自己做了一件挺了不起的事。

不知你有没有过这样的体验：在异乡生活时，当听到外人批评自己的故乡或者下意识做出什么看不起你故乡的事，你总会觉得愤怒。这样的愤怒，后来往往又要引起严肃的思考：为什么这些人对我的故乡会有这么根深蒂固的偏见？

永远也忘不了几年前报团到美国塞班岛旅游时发生的一件事：同行的一名日本人弄丢了相机，那时众人原已经准备回酒店休息，临上车前，却碰到了这事。导游是个美国人，竟脱口而出："中国人，先检查一下中国人的包！"

是可忍孰不可忍！

那时整个旅行团一共有八名中国人，听到这句话后全怒了："凭什么先检查中国人？我们来你们这儿消费还得承受你们的种族歧视吗！"

出门在外时，你总是特别能体会到"国家荣誉感"。

一声"先检查一下中国人的包"出来，在场的中国人便都没有了"个性"，只有"中国人"这一个"共性"。不管之前熟不熟，也不管彼此在这趟旅行中是否有过交流，那一刻，一行八人横眉怒对导游，气场之强大，何止旁人，连丢相机的日本姑娘都不好意思了起来，连连跟导游说："不能这样，不能这样！"

导游这才有些不好意思，说大伙儿分头找找——最终日本姑娘在厕所里找到了她的相机，而究其原因，不过是上洗手间时，她不小心将东西落在了洗手台上。

整件事情从发生到解决，不过二十分钟，可这件"小事"却一直留在我心里：为什么在不文明事件发生的当时，明明在场的有中国人、日本人、韩国人（那是一个亚洲团），可偏偏，导游在第一时间怀疑的是中国人？

分明是这些外国人根深蒂固的文化偏见，所以才会在事发的当时，想也不想，直觉反应，将矛头指到了我们身上。

那一刻的愤怒延续至今，或许伴着些许种族意识或爱国情怀，可再往深处想：为什么美国导游会这么做？他带过那么多团，见识过那么多人，为什么会对中国人有那么深的误解？

后来我想，会不会是因为有部分国人在跟他的团时，表现出了不够文明的行为？说到底，我们从一个国家走到另一个国家时，身上贴着的永远是祖国的标签——你从她那儿来，你代表了她的颜面，那么国人，在任何场合都请你自觉地、尽心地、用力地维护她的尊严。

离开伦敦前，我们将公寓打扫得干干净净。

离开伦敦后，我收到了房东的邮件：hi，谢谢你，来自中国的Zoe！

你看，他知道的，我是一名中国人——我身上贴有中国的标签。

旅途中爱过的人哪

很久以前爱上斯嘉丽·约翰逊,是因她主演的一个片子——《迷失东京》。百度百科上说,这电影讲的是一个男人与一名年轻女子在文化、语言皆不同的异地,因寂寞而产生的婚外恋情。

许是观影角度不同,我从头到尾看了数次,也没有看出多少婚外恋的味道,不过是陷入人生低潮的一男一女,在异国相遇,无数个失眠的夜,无数次对生活感到厌倦时,一个节制的人,遇上了另一个节制的人。

而最终,双双回归原位,生活重新开始。

始于微笑,止于拥抱。

一直很回味片中的最后一个场景:男主角要离开东京时,在街头遇到了女主角。那时他坐在车中,见到她的那一刻,他让司机停下车,他朝她走过去,穿越熙攘的人潮,在她身后轻轻叫住她:

"Hey, you（嘿，你）."

她回过头来，乍然惊喜。

多么多么地，像久别重逢的故友——"Hey, you."

这一对曾经涉足过彼此灵魂的男女，深深凝视过对方的眼，深夜躺在同一张床上也不过是对着天花板聊天，而最终他们给对方的，是一句"Hey, you"，和一个深深的拥抱。

就像那么多曾在旅途中怦然心动的男女，到最后，不过发乎情，止乎礼义。

可我想，大抵，这就是怦然心动后最常见也最完美的结局。

友人Z给我发来微信时，我们共同的旅友A在南京，向他的女朋友求婚成功了。一众人在微信群里向A道贺，事后我弟小黑问我："有没有觉得Z情绪有点低？"

Z和A其实都是我与小黑去韩国首尔旅行时认识的朋友。在厦门搭飞机时，我们姐弟俩坐在一起，Z与A就坐在我们隔壁。他独身，她也独身，几个小时的飞行下来，无意中聊到一块儿的四个人决定一同游首尔。

只是感情的亲疏终究是不同的，大部分时候，依旧是我和小黑在一起，说一些彼此才知道的事。渐渐地，Z与A便越走越近。有那么一晚，我们俩逛完梨花大学回去时，在酒店下的小酒吧里看到他们俩亲密地坐在一起。后来Z同我说："相谈最欢的那一刻，我真的想干脆就和他去南京吧，这辈子一起过得了。"

"那为什么没去呢？"

"大概是因为，这人是在旅途中遇到的吧，而不是在生活里。"她笑了一下，问我，"你明白我的意思吗？"

我想我明白。

生活是柴米油盐、汽车房子，是穷凶极恶、丑态毕现的真实，而旅途，是终极幻想。尽管在这场终极幻想里，我们搁下包袱，展现出了某些真实的面目，可那也是洗尽铅华后的美好面目：干净的，温和的，纯良的。

于是当遇到另一个干净的、温和的、纯良的面目时，我们怦然心动，爱上了彼此。

其实你知道，大部分人从旅途回归到现实当中时，都会选择让途中爱过的那个人，永远地成为"旅途中爱过的人"，因为相遇时怦然心动的那一份温柔，你真的没有把握，无法确定它能够延续多久——是否待他回到现实后，就要开始面对生活给彼此带来的穷凶极恶？是否待他回到现实后，在旅途中搁下包袱、洗尽铅华后所呈现出来的温柔,又要渐渐消退?

那么,算了吧,算了吧,到这一刻猝然而终,就很好。

将那个干净的、温和的、纯良的自己留给他,就很好。

Z在微信里问我:"你说如果那时候我真的陪他去了南京,今天被求婚的人会不会是我?"

"就当会吧。"

她笑了:"其实我知道,很可能是不会的。"

可不是?生活里哪来那么多干净的、温和的、纯良的感情?回到现实后,依旧是柴米油盐、汽车房子。

那旅途中爱过的人哪,就让他留在记忆里吧。

也许多年之后再回首,你会微微地一笑:原来也曾有那么一个笑容纯粹的人出现在你的人生里,相遇那么美,只因为,你们没有继续走下去。

始于微笑,止于拥抱——其实已经足够了。

幸好,幸好。

随心所欲的快乐

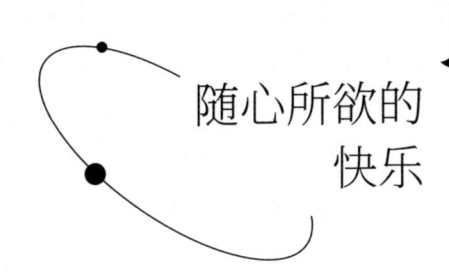

周末与好友自驾游,目的地原本是土楼所在地,只是车开着开着,玩笑开着开着,便错过了高速路上的出口,等玩笑开完时,已经回不去了。

"要不然就这么一直开下去?"有好友建议。

其余二人也表示同意,兴致还挺浓,结果,就来到了古田会议的旧址。

停车下去参观时,想不到竟撞上了一大池开得绚烂的荷花。不知是因为荷花实在多也实在美,还是因这份美来得让人毫无预备,那一瞬只觉得欣喜。朋友说,大概这就是随心所欲带来的快乐,与算计好的、安排好的、做了无数功课的,是截然不同的感受。

想想也是,如果事先查到古田会议的旧址上有荷花开,想必见到时,也不会有这样的惊喜了吧?

这两名一同出来游玩的好友,其中一名便是将"随心所欲"奉为人生信条的典型。未相识之时,我就在其他朋友口中听说过此君的浪漫史——当年与女友情到最浓时,女友赴福州出差,归来时乘坐的那一趟动车原本是在晚上七点钟到达的,而我的好友原本也打算七点钟到车站接她。可那天下午,不知怎的,此君突然心血来潮,早早地到高铁站买了一张开往福州的票,然后,在中途下车,再买一张与女友同一车次的回程票——再然后呢?

你大概猜得到了,当女友乘着七点钟到达目的地的那一班动车时,百无聊赖间,突然有人自身后拍了拍她的肩膀。一开始她不明所以,毫无预备地抬起头——愣住。

"那时候她一定很惊喜吧?"后来与此君成为好友后,我向他问起了这件旧事。

"可不是!整整好几秒钟,她一句话也说不出来。"

"说得出话了之后呢?"

"尖叫了一声,抱住我。"

是,如此盛大的欣喜,谁能不尖叫,然后热烈地相拥?

朋友们都说此君最懂得哄女孩子开心,套用现在的话来讲:"撩妹"功夫一等一。

可在我看来,这家伙最大的优点不在于"撩妹",而在于当周遭的朋友们都按部就班地活着时,他总能独出心裁,制造出盛大而热烈的惊喜。

有多少女孩子在这样的惊喜面前能无动于衷?又有多少人,能在不期而遇的美丽面前不为所动?

无论在后来的人生里这两人能不能携手到白头,我都相信那一刻,当女孩抬起头,不期然地看到他时,心中一定燃起过与之厮守一生的愿望——能够如此轻易便给你带来快乐的人,这世界上还会有几个呢?

到底啊,在按部就班带来了安稳和舒适后,有太多时候,我们的人生里还需要不期而遇的欢喜。比如说,说走就走地前往陌生地,然后,遇到这一座莲池。

它绚烂地绽放,而你先前不知。只知那一刻,心中突然充满了意外的欣喜——看,原来生活还可以这样美,即使,仅因一处莲池。

Y S H E N G J I Y U

你知道
"常可为-拉美"的舍义吗?